Fun! Fun! Korean

高麗大學
韓國語 ④
Workbook

高麗大學韓國語文化教育中心　編著

朴炳善博士 陳慶智博士　翻譯、審訂

머리말

한국어는 사용 인구면에서 세계 10대 언어에 속하는 주요 언어로, 지금도 많은 사람들이 세계 곳곳에서 한국어를 배우고 있습니다. 이러한 한국어 학습 열기는 국제 사회에서 한국의 위상이 높아짐에 따라 앞으로 더욱 뜨거워질 것으로 전망합니다.

고려대학교 한국어문화교육센터는 설립 이래 25년간 다양한 학습자를 대상으로 한국어와 한국 문화를 교육해 왔으며, 체계적이고 효율적인 교수 방법으로 세계적으로 정평이 나 있습니다. 그리고 그동안 학습자에 따른 맞춤형 교육을 실시해 오면서 다양한 한국어 교재를 개발해 왔습니다.

이 교재는 한국어문화교육센터가 그동안 쌓아 온 연구와 교육의 성과를 바탕으로 개발한 것입니다. 이 교재의 가장 큰 특징은 한국어 구조에 대한 이해와 다양한 말하기 연습을 바탕으로 학습자 스스로 의사소통 활동을 할 수 있도록 구성했다는 점입니다. 이 교재를 통해 학습자는 다양한 의사소통 상황에서 성공적인 한국어 의사소통을 할 수 있는 능력을 기르게 될 것입니다.

이 교재가 나오기까지 참으로 많은 분들의 정성과 노력이 있었습니다. 무엇보다도 밤낮으로 고민하고 연구하면서 최고의 교재를 개발하느라 고생하신 저자들께 감사를 드립니다. 또한 고려대학교의 모든 한국어 선생님들께도 깊은 감사를 드립니다. 이분들의 교육과 연구에 대한 열정과 헌신적인 노력이 없었다면 이 교재의 개발은 불가능했을 것입니다. 이 선생님들의 교육 방법론과 강의안 하나하나가 이 교재를 개발하는 데 훌륭한 기초 자료가 되었습니다. 이 외에도 이 책이 보다 좋은 모습을 갖출 수 있도록 도와주신 번역자를 비롯해 편집자, 삽화가들께 감사를 드립니다. 또한 한국어 교육에 관심과 애정을 가지고 이렇듯 훌륭한 교재를 출간해 주신 교보문고에도 큰 감사를 드립니다.

부디 이 책이 여러분의 한국어 학습에 큰 도움이 되기를 바라며, 한국어 교육의 발전에 새로운 이정표가 될 수 있기를 바랍니다.

2010년 6월
국제어학원장 **조규형**

前言

韓語就使用人口層面而言屬世界十大主要語言,現在也有很多人在世界各地學習韓語。這股韓語學習風潮隨著韓國國際地位的提升,放眼未來將會更加發光發熱。

自高麗大學韓國語文化教育中心設立20多年來,以來自不同背景的學習者為對象,教授韓語與韓國文化,以有系統、有效率的教學方法廣受國際一致好評。同時隨著這段期間因應不同學習者而施行的個別教學法,開發了各式各樣的韓語教材。

本教材是以韓國語文化教育中心這段期間累積下來的研究與教育成果為基礎所開發。它最大的特色在於為了讓學習者達到溝通無礙,透過了解韓語結構及豐富多元的口頭練習作為基礎所構成。藉由這套教材培養溝通能力,讓學習者能因應各種情況隨心所欲地以韓語表達自己的想法。

多虧諸位人士的熱誠與努力,這套教材才得以問世。首先得感謝終日苦思、研究,為了開發最佳教材而勞心勞力的作者們,以及向高麗大學的所有韓語老師致上深深的謝意。如果沒有這群人對教育與研究投注的熱誠與奉獻精神,就不可能開發出這套教材。這群老師的教育方法論與授課中的一切成了開發這套教材時的最佳第一手資料。此外,也謝謝譯者、編輯、插畫家及攝影師們的協助,為本書更增添了不少可看性。同時也對關注、關愛韓語教育,為我們出版如此優秀教材的教保文庫表達無限感激。(註:原書在韓國為教保文庫出版。)

由衷希望本書能對各位在韓語學習上有所幫助,也期盼本書能成為韓語教育發展上新的里程碑。

2010年5月
國際語學院長 **曹圭炯**

凡例 일러두기

概要

　　《高麗大學韓國語Workbook 4》是一本讓完成600小時初級課程的韓語中級學習者易於學習語彙、表現及文法的輔助學習書籍。藉由日常生活當中常面臨的表現或主題，學習者將會有多樣的練習與複習的機會。特別是搭配使用以日常生活會話為主的《高麗大學韓國語4》一書，將會有加倍的學習成效。同時，此輔助學習書是為了幫助學習者使用正確的文法，進而能正確地寫作，並且自然地提升韓語知識而編輯而成的。完成語彙、表現、文法等練習之後，將提供豐富的口說、閱讀、寫作練習等文章，幫助學習者培養溝通能力，進而發揮有效的對話功能。

目標

・使學習者熟悉正確的語彙、表現、文法形態。

・將焦點放在日常生活中所面臨的多種狀況，使學習者能根據各種情境，使用適當且正確的文法。

・以《高麗大學韓國語4》中使用的表現與主題為基礎，透過各種的狀況練習口說、閱讀與寫作，以培養日常生活之溝通能力。

單元結構

　　《高麗大學韓國語Workbook 4》由15個單元所構成。《高麗大學韓國語4》15個單元中使用的基本主題和表現大致可分成兩個部分，第一部分為語彙、表現及文法練習相關之內容。第二部分則是為了使學習者能有效地進行溝通，而實施的口說、閱讀及寫作練習相關之內容。此外，本輔助學習書每5課提供一次綜合練習，讓學習者複習並完全熟練前5課所學的內容。各單元由下列的內容所組成：

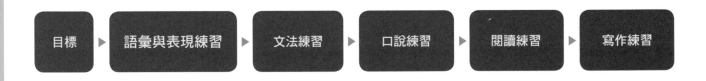

目標 ▶ 語彙與表現練習 ▶ 文法練習 ▶ 口說練習 ▶ 閱讀練習 ▶ 寫作練習

目標	透過各單元詳細的目標和內容說明，學習者可以在學習前知道要學什麼。
語彙與表現練習	此部分設計的目的是讓學習者透過豐富的練習和複習，熟悉從教科書中學到的表現、語彙意義以及結構。語彙與表現根據它的意義做了範疇的分類，這讓學習者能輕易地熟悉語彙及表現的意義。
文法練習	此部分針對文法而分為兩大項，一是將焦點放在單字的邏輯性連結上，另一個焦點則是放在出現於教科書中，且合於文法的正確單字安排上。教科書練習問題中所提的情況，主要是著重在主教材的基本表現與主題。但相反的，本輔助學習書則是為了應付那情況外所需的文法，而建構出跳脫特定主題或內容的練習機會。藉由這些練習，學習者將能夠使用適切且正確的文法。
口說練習	此部分藉由教科書中所學的主題和語言技巧，讓學習者獨自練習和培養自身的對話能力。針對教科書章節中主要語彙和文法結構的開方式討論，學習者將可改善他們的對話技巧。
閱讀練習	此部份透過與教科書主題相關的延伸閱讀，進一步確認內文中語彙、表現，以及文法的實際使用方法，以培養學習者的閱讀理解能力。此部分配合教科書內的閱讀內容，透過實戰閱讀帶入閱讀技巧，有助於加強學習者的閱讀能力。
寫作練習	此部分讓學習者能藉由教科書中學到的表現和主題，達到獨自完成文章的目標。針對章節的主題，透過與日常生活相關的寫作練習，學習者將能學到實用的語彙、文法結構以及文章的形態。

차례

교재 구성

단원	주제	기능	어휘
1 인물 소개	인물	• 인물 소개하기	• 군대 • 허락/반대
2 날씨와 생활	날씨와 생활	• 기후의 특징 이야기하기 • 날씨가 생활에 미치는 영향 이야기하기	• 날씨 • 계절과 관련된 표현 • 기후
3 교환 · 환불	교환과 환불	• 물건 교환하기 • 물건 환불 받기 • 제품의 문제 상황 설명하기	• 제품의 문제 • 교환 불가 사유 • 사동 어휘
4 집안의 일상	가사	• 집안일에 대해 이야기하기 • 집안일에 대한 불만 이야기하기 • 변명하기	• 집안일 1, 2 • 수선과 수리
5 직장 생활	직장	• 업무에 대해 이야기하기 • 업무 보고하기 • 직장 생활에 대해 이야기하기	• 회사와 부서 • 업무 1, 2
종합 연습 I			
6 언어와 문화	언어와 문화	• 비유적으로 표현하기 • 관용 표현 사용하기 • 속담 사용하기	• 신체와 관련된 관용 표현 • 속담 1, 2
7 스트레스	스트레스	• 스트레스의 원인 이야기하기 • 스트레스의 증상 설명하기 • 스트레스의 해소 방법에 대해 이야기하기	• 스트레스 표현 • 스트레스 증상 • 스트레스 해소 방법
8 추억	추억	• 어린 시절에 대해 이야기하기 • 학창 시절에 대해 이야기하기 • 추억의 놀이, 노래 등에 대해 이야기하기	• 추억 • 별명 • 어린 시절, 학창 시절의 추억

문법	연습
• -(으)며 • -(으)나 • -아/어/여	• 말하기 : 자기 소개하기 • 읽기　 : 동아리 가입을 위한 자기 소개서 읽기 • 쓰기　 : 동호회 가입을 위한 자기 소개서 쓰기
• -더니 • -치고 • -더라도	• 말하기 : 날씨에 대해 묻고 답하기 • 읽기　 : 날씨와 여행에 대한 기사 읽기 • 쓰기　 : 날씨에 대해 설명하는 글 쓰기
• -길래 • -았/었/였더니 • 사동 표현	• 말하기 : 교환 · 환불에 대한 묻고 답하기 • 읽기　 : 교환 · 반품 비용에 관한 안내문 읽기 • 쓰기　 : 교환을 요청하는 이메일 쓰기
• -(으)ㄹ 뿐만 아니라 • -느라고 -는데 • -는 둥 마는 둥	• 말하기 : 집안일에 대해 묻고 답하기 • 읽기　 : 가사 분담에 대한 글 읽기 • 쓰기　 : 집안일에 대한 글 쓰기
• -(으)ㅁ, -(으)ㄹ 것 • -다고/-냐고/-자고/-라고 했대요 • -고 생각하다	• 말하기 : 업무에 대해 묻고 답하기 • 읽기　 : 일에 관련된 공문 읽기 • 쓰기　 : 출장 보고서 쓰기
• -듯이 • -듯하다 • 이중 부정	• 말하기 : 속담이나 관용 표현에 대해 묻고 답하기 • 읽기　 : 속담의 의미와 기능에 대한 글 읽기 • 쓰기　 : 속담의 의미를 설명하는 글 쓰기
• -에다가 -까지 • -아/어/여 가다 • -(으)ㄴ 척하다	• 말하기 : 스트레스에 대해서 묻고 답하기 • 읽기　 : 스트레스 문제에 대한 글 읽기 • 쓰기　 : 스트레스 해소 방법을 추천하는 글 쓰기
• 무렵 • -고는 하다 • -ㄴ지 • -은/는커녕, -기는 커녕	• 말하기 : 추억에 대해 묻고 답하기 • 읽기　 : 친구를 찾는 글 읽기 • 쓰기　 : 친구를 찾는 글 쓰기

단원	주제	기능	어휘
9 여행의 감동	여행	• 여행의 목적과 일정 이야기하기 • 여행지의 특색 설명하기 • 여행 소감 이야기하기	• 여행지에서 하는 일 • 여행지의 특색 • 여행 소감
10 결혼	결혼	• 결혼에 대한 생각 이야기하기 • 결혼 과정 설명하기 • 결혼 관련 통계 자료 설명하기	• 만남과 결혼 • 결혼 준비

종합 연습Ⅱ

단원	주제	기능	어휘
11 공연 감상	공연	• 좋아하는 공연에 대해 이야기하기 • 공연 감상 이야기하기	• 공연 호평 • 공연 혹평
12 교육	교육	• 교육에 대해 이야기하기 • 교육과 관련된 도표 설명하기 • 관련 자료를 인용해서 이야기하기	• 학교 • 현황 진술 • 증감 추세
13 환경	환경	• 환경 문제에 대해 이야기하기 • 환경 문제에 대해 토의하기	• 환경과 오염 • 환경 오염의 결과 • 환경 오염의 대책
14 재난·재해	재난과 재해	• 재해에 대해 이야기하기 • 피해 상황 설명하기 • 재난과 재해를 당한 심경 이야기하기	• 자연 재해 • 재해로 인한 피해 • 피해에 대한 심경 및 행동
15 컴퓨터·인터넷	컴퓨터와 인터넷	• 컴퓨터와 인터넷 관련 문제 상황에 대해 이야기하기 • 컴퓨터와 인터넷 관련 사용 방법과 절차 설명하기 • 컴퓨터와 인터넷으로 인해 겪었던 곤란한 경험에 대해 이야기하기	• 인터넷 연결 • 컴퓨터 용어 • 컴퓨터의 사용 및 문제

종합 연습Ⅲ

문법	연습
• -ㄴ 김에 • -아/어/여 보니 • -다시피	• 말하기 : 여행 경험에 대해 묻고 답하기 • 읽기 : 기행문 읽기 • 쓰기 : 기행문 쓰기
• -지요 • -는 데에 • -(으)로	• 말하기 : 결혼에 대해 묻고 답하기 • 읽기 : 특별한 결혼식에 관한 글 읽기 • 쓰기 : 배우자 선택에 대한 남녀의 성향을 비교하는 글 쓰기
• -아/어/여 오다 • 얼마나 -던지 • -나 마나	• 말하기 : 공연 감상에 대해 묻고 답하기 • 읽기 : 공연에 대한 기사문 읽기 • 쓰기 : 공연에 대한 감상문 쓰기
• -(으)려면 • -(이)란 -을/를 말한다 • -에 따르면	• 말하기 : 학교 교육에 대해 묻고 답하기, 교육 관련 기사 발표하기 • 읽기 : 새로운 형태의 학교를 소개하는 글 읽기 • 쓰기 : 교육과 관련된 도표를 설명하는 글 쓰기
• -(으)면서 • -마저 • -았/었/였더라면	• 말하기 : 환경 문제에 대해 묻고 답하기 • 읽기 : 친환경 건물에 대한 신문 기사 읽기 • 쓰기 : 환경 보호 방안에 대한 글 쓰기
• -다니요 • -(으)ㄴ 나머지 • -자	• 말하기 : 재난 · 재해에 대해 묻고 답하기 • 읽기 : 화재에 대한 기사 읽기 • 쓰기 : 재해를 설명하는 기사 쓰기
• -ㄴ 대로 • -든지 -든지 • -기만 하면	• 말하기 : 컴퓨터와 인터넷 사용시의 문제 묻고 답하기 • 읽기 : 컴퓨터 수리점에 대한 글 읽기 • 쓰기 : 컴퓨터 수리에 대한 경험담 쓰기

제1과 인물 소개

학습 목표
자기 자신을 다른 사람에게 소개할 수 있다.

주제	인물
기능	인물 소개하기
연습	말하기 : 자기 소개하기
	읽기 : 동아리 가입을 위한 자기 소개서 읽기
	쓰기 : 동호회 가입을 위한 자기 소개서 쓰기
어휘	군대, 허락/반대
문법	-(으)며, -(으)나, -아/어/여

제1과 인물 소개

1 그림을 보고 알맞은 말을 연결하세요.

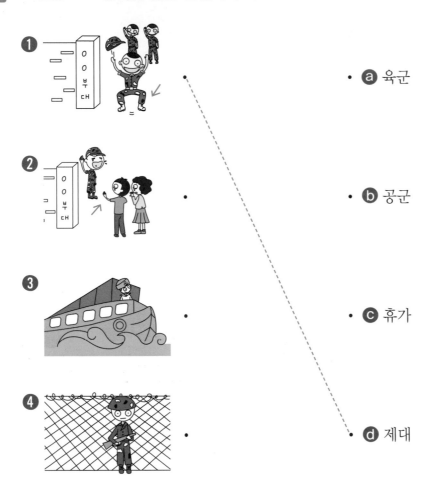

- ⓐ 육군

- ⓑ 공군

- ⓒ 휴가

- ⓓ 제대

- ⓔ 입대

- ⓕ 해군

2 〈보기〉에서 알맞은 말을 찾아 쓰세요.

> 보기
>
> 허락하다   찬성하다   지원하다
>
> 말리다   격려하다   반대하다

❶ 가 : 부모님께서는 유학 가겠다는 영진 씨 생각에 _____

　　나 : 네, 좋은 생각인 것 같다고 말씀하셨어요.

❷ 가 : 부모님께서 미대에 가는 것을 많이 말리셨다고 들었어요.

　　나 : 처음에는 그러셨는데 제가 계속 말씀드리니까 나중에는

　　　　_____

❸ 가 : 너 대학 입학시험에 떨어져서 많이 힘들었지?

　　나 : 응. 그렇지만 선생님이 용기를 잃지 말라고 _____

　　　　이제 괜찮아졌어.

❹ 가 : 해병대에 가겠다는 만수 씨 생각에 부모님께서

　　　　_____ 않으셨어요?

　　나 : 아니요, 아버지도 해병대 출신이어서 그런지 좋아하셨어요.

❺ 가 : 영국은 유학 비용이 많이 든다던데, 어떻게 할 생각이세요?

　　나 : 다행히 부모님께서 유학 비용의 일부를 _____

　　　　주신다고 했어요.

❻ 가 : 지도 교수님께 학교 그만두겠다고 말씀드렸어요?

　　나 : 네. 그랬는데 그만두면 안 된다고 _____

–(으)며

1 〈보기〉와 같이 이야기한 후에 쓰세요.

> **보기**
>
> 영수는 성격이 차분하다. 그리고 신중하다.
>
> ➡ 영수는 성격이 <u>차분하며</u> 신중하다.

❶ 마이클은 장난기가 많다. 그리고 사람들과 어울리는 것을 좋아한다.

➡ _____

❷ 이동규 씨는 매사에 적극적이다. 그리고 성실하다.

➡ _____

❸ 윤영이는 수줍음을 많이 타고 내성적이다. 그리고 혼자 있는 것을
좋아한다.

➡ _____

❹ 나는 영화 모임에 지속적으로 참석한다. 그리고 회원들과 우정을
쌓고 있다.

➡ _____

❺ 영민이는 지금까지 회사 일에 최선을 다했다. 그리고 동호회 일도
열심히 했다.

➡ _____

❻ 성진이는 제대 후 복학할 것이다. 그리고 취직을 준비할 것이다.

➡ _____

✏️ –(으)나

1 〈보기〉와 같이 이야기한 후에 쓰세요.

> **보기**
> 가: 부모님께서는 영진 씨가 유학 가는 것에 동의하셨습니까?
> 나: 처음에는 **동의하셨으나** 지금은 다시 생각해 보라고 하십니다.

❶ 가: 음대에 간다고 했을 때, 부모님께서는 찬성하셨습니까?

　나: 처음에는 ＿＿＿＿＿＿＿＿＿ 곧 마음을 바꾸셨습니다.

❷ 가: 대학에 입학하자마자 군대 간다고 했을 때 부모님께서 말리지

　　않으셨습니까?

　나: 처음에는 ＿＿＿＿＿＿＿＿＿ 나중에는 허락해 주셨습니다.

❸ 가: 대학에 안 간다고 했을 때 부모님께서 반대하지 않으셨습니까?

　나: 처음에는 심하게 ＿＿＿＿＿＿＿＿＿ 얼마 후 제 마음대로

　　하라고 하셨습니다.

❹ 가: 의대에 갔는데 중간에 학교를 그만두셨다면서요?

　나: 부모님의 뜻에 따라 의대에 ＿＿＿＿＿＿＿＿＿ 적성이 맞지

　　않았습니다. 그래서 다시 그림 공부를 시작했습니다.

❺ 가: 저는 항상 열심히 ＿＿＿＿＿＿＿＿＿ 성적이 별로 좋지

　　않습니다. 문제가 뭘까요?

　나: 공부하는 방법을 잘 몰라서 그런 것 같습니다.

❻ 가: 자기 소개서를 보니 내성적이라고 하셨네요. 친구 관계는 어떻습니까?

　나: 제가 ＿＿＿＿＿＿＿＿＿ 친구는 많은 편입니다.

🖊 −아/어/여

1 〈보기〉와 같이 이야기한 후에 쓰세요.

> 영희는 열심히 공부했다.
>
> ➡ 영희는 열심히 **공부해** 원하는 대학에 들어갔다.

❶ 영민이는 키가 너무 작다.

➡ _____ 군대를 면제 받았다.

❷ 재진이는 1년 휴학 후 복학했다.

➡ _____ 학교 수업을 따라가기가 힘들다.

❸ 재희는 스키 동호회에 들어갔다.

➡ _____ 동호회 사람들과 자주 어울린다.

❹ 김 선배가 얼마 전 제대했다.

➡ _____ 주유소에서 아르바이트를 하고 있다.

❺ 나는 능력을 기른다.

➡ _____ 이 회사에 필요한 인재가 되겠다.

❻ 중소기업이 규모를 키운다.

➡ 예전에는 _____ 대기업이 되는 경우가 많았다.

말하기 연습

1 다음을 이야기한 후에 쓰세요.

1) 가 : 안녕하세요? 저는 경영학과 김영준입니다. 앞으로 잘 부탁드립니다.

　나 : 우리 동아리에 들어온 걸 환영해요. 그런데 _____

　가 : 07학번입니다.

　나 : 군대는 다녀왔어요?

　가 : 아니요. 저는 눈이 안 좋아서 _____

2) 가 : 신입 회원 이미영 씨를 소개합니다. 여러분, 박수로 환영해 주세요.

　나 : 안녕하세요? 저는 법대에 다니는 이미영입니다. 아직 연기를

　　　잘하지는 _____ 앞으로 열심히 배우겠습니다.

　다 : 법대에 다니면 시간이 별로 없을 텐데, 괜찮겠어요? 우리 동아리는

　　　일주일에 이틀 정도는 반드시 시간을 내야 하는데요.

　나 : 사실 저도 그것 때문에 고민했습니다. 그래서 선배한테 물어봤더니

　　　선배는 자기가 하기 나름이라며 많이 _____.

　　　앞으로 최선을 다하겠습니다.

3) 가 : 편의점 아르바이트 해 보셨어요?

　나 : 아니요, 처음입니다. 하지만 잘할 자신 있습니다.

　가 : 대학생이지요?

　나 : 네. 그런데 지금은 휴학 중입니다. 2개월 전에 군대에서

　　　_____

　가 : 이 일을 하려면 성격이 적극적이어야 하는데, 성격이 어떻습니까?

　나 : 걱정 마십시오. 저는 _____ 사교적인 성격입니다.

　가 : 좋아요. 그럼 같이 일해 봅시다.

1 다음은 인터넷에 올라온 글입니다. 잘 읽고 질문에 답하세요.

전체보기 (25)	목록열기 ▼

26 정수호　　　　　　　　●게시일 2010. 4. 5.　●게시자 jsh@hotmail.net

　　안녕하세요? 저는 한국대 역사 교육학과에 다니는 정수호입니다. 지난달에 군대를 제대하고, 다음 학기에 2학년으로 복학할 예정입니다.

　　저는 고등학교 때부터 봉사 활동에 관심이 많아 '사랑 나눔'이라는 봉사 동아리에서 일한 적이 있습니다. 그곳에서 장애우들을 도와주는 활동을 열심히 했습니다. 복학한 후에도 지속적으로 봉사 활동을 하고 싶어 이렇게 '선우'의 문을 두드립니다.

　　저는 적극적이며 사교적인 성격이라 처음 만난 사람들과도 금방 잘 어울립니다. 또 주변 사람들에게서 따뜻하다는 말을 자주 듣습니다. 이런 저의 성격은 사랑과 관심이 필요한 사람들에게 다가가는 데 도움이 될 거라고 생각합니다.

　　동아리에 가입시켜 주시면 성실하게 활동하겠습니다. 제 전화번호는 010-123-1234이고, 이메일 주소는 jsh@hotmail.net 입니다. 연락 기다리겠습니다.

> ┗ RE [총무] 김보경
>
> 　안녕하세요? 반갑습니다. 곧 연락드리겠습니다.

덧글 쓰기　엮인글 쓰기 | 공감　　　　　　　　　　　　　　　　　　　　수정 | 삭제

1) 위와 같은 글을 올리게 된 이유는 무엇입니까?

2) 읽은 내용과 같으면 ○, 다르면 ✕에 표시하세요.

(1) 이 사람은 군대를 다녀왔다.　　　　　　　　　　　○　✕

(2) 이 사람은 지금 휴학 중이다.　　　　　　　　　　○　✕

(3) '선우'는 장애우들을 도와주는 동아리이다.　　　○　✕

(4) 이 사람은 내성적이며 수줍음을 타는 성격이다.　○　✕

1 다음은 아츠코 씨가 쓴 동호회 가입 신청서입니다. 이 내용을 바탕으로
동호회에 가입하기 위한 자기 소개서를 써 보세요.

국제 언어문화 동호회 가입 신청서			
이름	아츠코	성별	여자
연락처	010-123-1234	이메일	atsko@hotmail.net
대학	일본대학	전공	국제 정치학(휴학 중)
성격은? 활발, 적극적			
동호회 가입 목적은? 여러 나라에서 온 회원들과 우정을 나누고 세계 문화에 대해 더 잘 이해하는 것.			
장래 희망은? 일본에서 아시아 관련 일을 하는 것.			
기타 사항 어학연수 및 한국 문화 체험 목적으로 한국에 옴(1년 계획).			

1) 아츠코 씨의 신상과 성격에 대해 메모해 보세요.

2) 아츠코 씨가 한국에 온 목적에 대해 메모해 보세요.

3) 아츠코 씨의 동호회 가입 목적에 대해 메모해 보세요.

4) 위에서 메모한 내용을 바탕으로 아츠코 씨가 되어 자기 소개 글을
   써 보세요.

글쓰기	목록보기
제목:	

미리보기　확인

제2과 날씨와 생활

학습 목표
날씨와 기후가 생활에 미치는 영향을 설명할 수 있다.

주제	날씨와 생활
기능	기후의 특징 이야기하기
	날씨가 생활에 미치는 영향 이야기하기
연습	말하기 : 날씨에 대해 묻고 답하기
	읽기　: 날씨와 여행에 대한 기사 읽기
	쓰기　: 날씨에 대해 설명하는 글 쓰기
어휘	날씨, 날씨와 관련된 표현, 기후
문법	−더니, −치고, −더라도

제2과 날씨와 생활

1 그림을 보고 알맞은 말을 연결하세요.

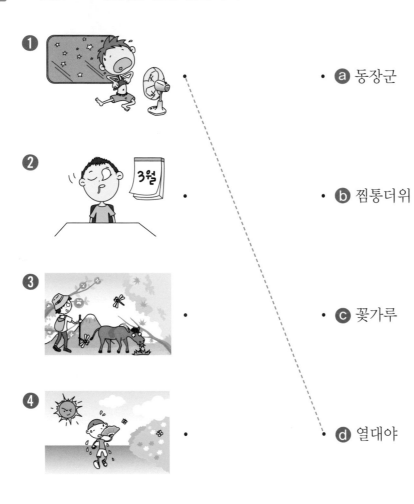

- ❶
- ❷
- ❸
- ❹
- ❺
- ❻

- ⓐ 동장군
- ⓑ 찜통더위
- ⓒ 꽃가루
- ⓓ 열대야
- ⓔ 천고마비
- ⓕ 춘곤증

2 〈보기〉에서 알맞은 말을 찾아 쓰세요.

보기

선선하다	썰렁하다	화창하다
후텁지근하다	날이 푹하다	바람이 매섭다

❶ 가 : 왜 이렇게 방 안이 _____

　　나 : 난방이 꺼져서 그래요. 방금 난방을 켰으니까 곧 따뜻해질 거예요.

❷ 가 : 오늘 날씨는 구름 하나 없이 정말 _____

　　나 : 응, 정말 집에 있기 아까운 날씨야. 우리 야외로 놀러 갈까?

❸ 가 : 안 추워요? 너무 얇게 입은 것 아니에요?

　　나 : 아니요, 안 추워요. 이번 겨울은 겨울 같지 않게 _____

❹ 가 : 한국의 여름 날씨는 정말 견디기 힘드네요. 왜 이렇게

　　　　_____

　　나 : 여름이라 기온도 매일 30℃를 넘고 비 때문에 습도도 높아서 그래요.

❺ 가 : 아침 저녁으로 _____ 걸 보니 이젠 여름도 다 갔나

　　　　봐요.

　　나 : 그래요. 며칠 전까지만 해도 무더웠는데 이젠 정말 가을 같네요.

❻ 가 : 아, 추워. 날씨 엄청나게 추워요. _____ 더 추운 것

　　　　같아요.

　　나 : 그래요? 지금 막 나가려고 했는데 따뜻하게 입고 가야겠네요.

3 〈보기〉에서 알맞은 말을 찾아 쓰세요.

보기

건조 기후	고산 기후	대륙성 기후
열대성 기후	온대성 기후	지중해성 기후

❶ 가: 이즈완 씨는 추위를 너무 타는 것 같아요.

　　나: 제가 더운 곳에서 살다 와서 그래요. 우리나라는 _____

　　　　일년 내내 고온 다습하거든요.

❷ 가: 베이징에 여행을 가고 싶은데 언제 가면 좋을까요?

　　나: 봄, 가을이 좋아요. 베이징도 서울처럼 _____

　　　　사계절이 있거든요.

❸ 가: 니콜라 씨, 그리스 날씨는 어때요?

　　나: _____ 맑은 날이 많고 비 오는 날이 적어요.

　　　　그리고 겨울에도 항상 따뜻해요.

❹ 가: 여름에 몽골에 가는데 35℃가 넘는다고 해서 걱정이에요.

　　나: 걱정 말아요. 몽골은 _____ 기온은 높아도

　　　　습하지 않아서 오히려 한국보다 덜 덥다고 느낄 거예요.

❺ 가: 1년 동안 티베트에 계셨다면서요? _____

　　　　고생하지 않았어요?

　　나: 고생했어요. 특히 지대가 높은 곳은 산소가 부족해서 지내기

　　　　힘들었어요.

❻ 가: 어, 혜영 씨 피부가 왜 그렇게 거칠어졌어요?

　　나: 얼마 전에 사하라 사막에 다녀왔어요. _____

　　　　습기가 없다 보니 피부가 많이 상했어요.

–더니

1 〈보기〉와 같이 이야기한 후에 쓰세요.

> 보기
>
> 가: 며칠 전만 해도 **무덥**더니 오늘은 시원해요.
> 나: 벌써 가을이 오는 것 같아요.

❶ 가 : 어제는 바람도 매섭고 그렇게 _____ 오늘은

　　조금 덥네요.

　나 : 네, 요즘 겨울 날씨는 너무 변덕스러운 것 같아요.

❷ 가 : 아침에는 비가 _____ 지금은 날씨가 개었어.

　나 : 정말 해가 났네. 날도 좋은데 오후에 청계천에나 가 볼까?

❸ 가 : 어제는 춥다고 두꺼운 코트를 꺼내 _____ 오늘은

　　왜 이렇게 얇게 입었어?

　나 : 일기 예보 보니까 오늘은 날이 풀릴 거라고 해서.

❹ 가 : 일요일마다 산에 _____ 오늘은 왜 안 가요?

　나 : 가을이라 산에 단풍 구경하러 온 사람이 너무 많아서요. 사람 많은

　　곳은 싫어요.

❺ 가 : 몸이 아프다고 해서 집에 간 줄 알았는데 안 갔어요?

　나 : 아까는 많이 _____ 지금은 괜찮아졌어요.

❻ 가 : 미호 씨, 처음 한국에 왔을 때는 _____ 지금은

　　굉장히 적극적이네요.

　나 : 네, 활발한 친구를 사귀면서 성격이 적극적으로 바뀌었어요.

✏️ −치고

1 〈보기〉와 같이 이야기한 후에 쓰세요.

> **보기**
>
> 가: 요즘은 밖에서 자주 만나네요. 원래 겨울에는 밖에
>   잘 안 다니잖아요.
> 나: 날이 춥지 않아서요. **겨울치고** 따뜻한 것 같아요.

❶ 가: 한국은 1월이 제일 춥다던데, 요즘 별로 안 춥네.

　 나: 그래. ＿＿＿＿＿＿＿＿＿ 따뜻한 거 같아. 바람도 안 매섭고.

❷ 가: 어제 첫눈 오는 거 봤어? 한겨울 눈처럼 펑펑 내리더라.

　 나: 응. ＿＿＿＿＿＿＿＿＿ 많이 내린 것 같아.

❸ 가: 가을 날씨인데, 넌 아직도 반팔 옷 입었어?

　 나: 내가 더위를 타서 그래. 그리고 ＿＿＿＿＿＿＿＿＿ 아직 좀 더운
　　 것 같아.

❹ 가: 이번 여름에는 에어컨을 거의 켜지 않고 사는 것 같아.

　 나: 나도 그래. ＿＿＿＿＿＿＿＿＿ 별로 덥지 않은 것 같아.

❺ 가: 정수가 우리를 속였다는 성희 얘기가 사실일까?

　 나: ＿＿＿＿＿＿＿＿＿ 믿을 만한 거 봤니? 신경 쓰지 마.

❻ 가: 예나 씨가 아직 2급이라면서요? 그런데 어쩌면 그렇게 한국어를
　　 잘해요?

　 나: 제가 봐도 ＿＿＿＿＿＿＿＿＿ 잘하는 것 같아요. 성격이 활발하고
　　 적극적이어서 그런가 봐요.

✎ –더라도

1 〈보기〉와 같이 이야기한 후에 쓰세요.

> **보기**
>
> 가: 요즘은 너무 추워서 나오기가 싫어요.
>
> 나: **춥더라도** 방에만 있지 말고 운동도 좀 하세요.

❶ 가: 어제 밤새 선풍기를 켜고 자서 그런지 몸이 안 좋아요.

　 나: ＿＿＿＿＿＿＿＿ 선풍기는 끄고 주무세요. 감기 걸리기 쉬워요.

❷ 가: 창문을 열어야 하는데 ＿＿＿＿＿＿＿＿ 조금만 참아요.

　 나: 저는 추위 안 타니까 신경 쓰지 마세요.

❸ 가: 추워서 창문을 계속 닫아 놨더니 머리가 좀 아픈 것 같아요.

　 나: ＿＿＿＿＿＿＿＿ 자주 창문을 열어 환기시켜야 건강에 좋아요.

❹ 가: 이번 시험을 망친 것 같아서 걱정이야. 유급되면 어떡하지?

　 나: 이번 시험 ＿＿＿＿＿＿＿＿ 너무 실망하지마. 기말시험에 잘

　　　 보면 되잖아.

❺ 가: 그 사람이 나를 만나러 한국에 ＿＿＿＿＿＿＿＿ 난 만나지 않을

　　　 거야.

　 나: 그래도 온다면 만나 보는 게 좋지 않을까? 직접 만나 이야기를 들어

　　　 보는 게 좋을 것 같아.

❻ 가: 아까 미진이 짐 챙기는 것 기다리다가 화나서 혼났어. 기차 시간에

　　　 늦었다고 아무리 말해도 서두르지 않더라.

　 나: 미진이는 아무리 ＿＿＿＿＿＿＿＿ 서두르는 법이 없잖아.

1 다음을 이야기한 후에 쓰세요.

1) 가 : 이제 정말 봄이 온 것 같아요.

　　나 : 한 열흘 전만 해도 바람 불고 눈도 ＿＿＿＿＿＿＿ 이젠 확실히

　　　　따뜻해졌어요. 따뜻하니까 좋죠?

　　가 : 좋긴 한데 좀 걱정이에요. 전 봄만 되면 ＿＿＿＿＿＿＿ 때문에

　　　　졸려서 일하기 힘들거든요.

2) 가 : 오늘 날씨 정말 ＿＿＿＿＿＿＿. 찜통더위가 따로 없어요.

　　나 : 그러게요. 아침에 뉴스를 보니까 오늘도 어제처럼 35℃까지 올라간

　　　　대요. 습도도 높아서 불쾌지수가 높을 거라고 하더라고요. 게다가

　　　　밤에는 열대야가 계속된대요.

　　가 : 아휴, 걱정이네요. 어제 밤에도 너무 더워서 밤새 에어컨을 켜고

　　　　잤더니 냉방병에 걸린 것 같은데.

　　나 : 조심하셔야죠. 저도 얼마 전에 냉방병 때문에 고생했어요. 그래서

　　　　요즘은 아무리 ＿＿＿＿＿＿＿ 에어컨은 끄고 자요.

3) 가 : 루빈 씨, 이번 방학에 싱가포르에 여행 갈 건데, 거기 12월 날씨는

　　　　어때요? 한국처럼 춥지는 않죠?

　　나 : 네. 한국은 온대성 기후지만 우리나라는 ＿＿＿＿＿＿＿

　　　　일 년 내내 더워요. 그리고 싱가포르에는 우기와 건기가 있는데

　　　　12월은 우기예요.

　　가 : 그럼 비가 많이 내리겠네요. 어떡하죠?

　　나 : 걱정 마세요. 우리나라 우기는 ＿＿＿＿＿＿＿ 비가 많이 안

　　　　내리는 편이에요. 잠깐 소나기가 내렸다가 금방 그쳐요.

　　가 : 그럼 걱정 안 해도 되겠네요.

1 다음은 잡지 기사입니다. 잘 읽고 질문에 답하세요.

파란 하늘의 나라, 몽골

'파란 하늘의 나라'로 알려진 몽골에서는 1년 중 250일 동안 해가 비치는 맑은 날을 만날 수 있다. 몽골의 여름은 따뜻하고 겨울은 매우 춥다. 11월부터 3월까지는 평균 기온이 영하 24℃로 떨어지고 여름은 평균 기온이 20℃여서 계절 간 기온 차가 매우 큰 편이다. 연평균 강수량은 250mm로 매우 적어 전형적인 대륙성 기후를 보인다.

몽골의 봄은 3～5월인데 건조하고 바람이 심하게 분다. 바람에 먼지가 날려 여행하기 매우 힘든 계절이다. 여름은 6～8월인데 1년 중 여행하기 가장 좋은 계절이다. 햇볕이 따갑고 기온이 38℃까지 올라가는 때도 있으나 건조한 기후 때문에 그늘에 있으면 시원하다. 햇볕이 따가우므로 여름 여행에서는 자외선 차단제가 필수이다. 가을은 9～11월 초로 매우 짧다. 우리나라 가을보다는 쌀쌀하지만 여행은 할 만하다. 겨울은 11월～3월로 매우 춥다. 너무 추워 여행하기 힘들지만 몽골의 겨울을 느껴보고 싶다면 두꺼운 외투와 내의, 방한화를 준비하는 것이 좋다.

---

1) 이 글을 쓴 목적은 무엇입니까?

2) 몽골에서 여행하기 좋은 계절은 언제입니까? 왜 그렇습니까?

3) 읽은 내용과 같으면 〇, 다르면 ✕에 표시하세요.

　　(1) 몽골은 일교차가 매우 크다. 　　　　　　　　　　　　〇　✕

　　(2) 몽골의 겨울은 사계절 중 가장 길다. 　　　　　　　　〇　✕

　　(3) 몽골은 일 년 중 약 2/3가 화창한 날이다. 　　　　　　〇　✕

　　(4) 여름에는 기온이 38℃까지 올라가 후텁지근하다. 　　〇　✕

쓰기 연습

1 다음은 교토의 날씨에 대한 그림입니다. 그림을 보고 인터넷 게시판 질문에 답하는 글을 써 보세요.

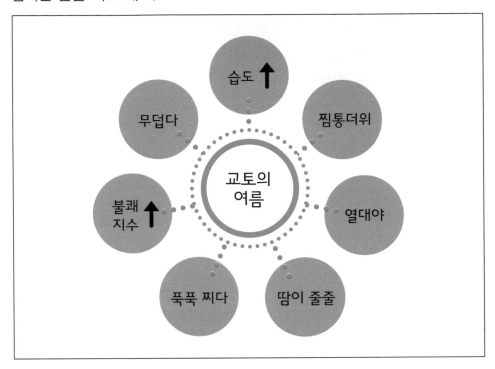

1) 교토의 여름 날씨에 대해 표현하는 것을 찾아 메모해 보세요.

2) 교토의 여름 날씨에 따른 사람들의 생활 모습은 어떻습니까? 메모해 보세요.

3) 위의 메모를 이용해서 교토의 여름 날씨를 소개하는 글을 써 보세요.

전체보기 (25) 목록열기▼

교토의 날씨

●게시일 2010. 5. 21   ●게시자 coacoa@komail.net

제가 올 여름에 교토로 어학연수를 갈 예정인데, 날씨 때문에 고민입니다. 여름이 무척 덥다고 하던데, 정말인가요? 아시는 분들은 자세히 좀 가르쳐 주세요.

덧글 쓰기   엮인글 쓰기 | 공감   수정 | 삭제

RE 안녕하세요? 교토로 어학연수를 오시는군요. 저는 교토에서 3년 째 살고 있습니다. 교토에 오시는 거 환영해요.

_____

_____

_____

_____

_____

_____

정말 더우니까 어느 정도 각오는 하고 오시는 게 좋을 거 같아요. 그럼 제 글이 도움이 되셨길 바라며……

제3과 교환 · 환불

학습 목표
구입한 물건을 다른 상품으로 교환하거나 환불 받을 수 있다.

주제	교환과 환불
기능	물건 교환하기
	물건 환불 받기
	제품의 문제 상황 설명하기
연습	말하기 : 교환 · 환불에 대해 묻고 답하기
	읽기　 : 교환 · 반품 비용에 관한 안내문 읽기
	쓰기　 : 교환을 요청하는 이메일 쓰기
어휘	제품의 문제, 교환 불가 사유, 사동 어휘
문법	-길래, -았/었/였더니, 사동 표현

제3과 교환 · 환불

1 그림을 보고 알맞은 말을 연결하세요.

❶    •   • ⓐ 얼룩이 있다

❷   •   • ⓑ 바느질이 잘못되다

❸   •   • ⓒ 전원이 켜지지 않다

❹   •   • ⓓ 유통 기한이 지나다

❺   •   • ⓔ 파손되어 있다

❻   •   • ⓕ 이물질이 들어 있다

2 〈보기〉에서 알맞은 말을 찾아 쓰세요.

> 보기
>
> 제품을 사용하다 　　　　　　　　　제품을 개봉하다
> 라벨을 훼손하다 　　　　　　　　　영수증을 분실하다
> 고객 부주의로 문제가 생기다 　　　색상에 불만이 있다

❶ 가 : _____. 그래도 혹시 환불되나요?

　　나 : 아니요. 영수증이 없으면 환불은 안 되고 교환만 됩니다.

❷ 가 : 이 구두요, 다시 보니 색깔이 맘에 안 드는데 교환 가능한가요?

　　나 : 죄송합니다. 제품 문제가 아니라 _____ 경우는
　　　　 교환해 드릴 수 없습니다.

❸ 가 : 휴대 전화를 실수로 떨어뜨렸는데 화면이 망가졌어요. 수리되지요?

　　나 : 네, 하지만 _____ 것이기 때문에 무상 수리는
　　　　 안 되고 비용을 지불하셔야 합니다.

❹ 가 : 주문한 MP3가 왔는데 잡음이 좀 있어요. 교환되나요?

　　나 : 죄송합니다. 전자 제품의 경우 한 번이라도 _____
　　　　 교환은 안 됩니다. 대신 수리를 맡기시는 건 가능합니다.

❺ 가 : 저기요, 지금 쇼핑 사이트 보다가 전화 드렸거든요. 맘에 드는
　　　　 원피스가 있는데 입어 보고 맘에 안 들면 반품해도 되죠?

　　나 : 네, 입어 보시는 건 괜찮지만 _____ 안 됩니다.

❻ 가 : 이거 여기서 구입했는데요. 크기가 안 맞아서 환불하고 싶어요.

　　나 : 어, 포장을 벌써 뜯으셨네요. 죄송하지만 _____
　　　　 환불이 불가능합니다.

3 〈보기〉에서 알맞은 말을 찾아 쓰세요.

> **보기**
> 돌리다   입히다   남기다   알리다   붙이다

　　며칠 전에 집으로 택배가 왔다. 내가 주문한 물건이 왔다고 생각하고 받자마자 상자를 뜯었는데 다른 물건이 들어 있었다. 판매자에게 이 사실을 ❶ _____ 위해 전화를 걸었지만 연결되지 않아 메시지를 ❷ _____. 나중에 그 판매자가 전화를 하더니, 상자를 테이프로 다시 ❸ _____ 자기에게 보내라고 했다. 그러면서 보내는 택배비를 나에게 내라고 하는 것이 아닌가? 자기 물건이 아닌데 포장까지 뜯은 것은 내 잘못이기 때문에 택배비를 부담하는 책임을 나에게 ❹ _____ 했다. 아니, 물건을 잘못 보낸 것은 자신의 실수가 분명한데 왜 다른 사람에게 그 피해를 ❺ _____ 것인지 정말 이해가 안 되는 일이었다.

문법

✏ −길래

1 〈보기〉와 같이 이야기한 후에 쓰세요.

> **보기**
>
> 가: 포도를 아주 싸게 **팔길래** 많이 샀는데 씻다 보니 너무 많이
> 상했어요.
> 나: 너무 죄송합니다. 제가 한번 볼까요?

❶ 가: 사과가 설탕처럼 달다고 _____ 샀는데 너무 맛이 없어요.

　　나: 그래요? 이상하네요. 다른 손님들은 다 맛있다고 했거든요.

❷ 가: 이 노트북이요, 크기가 _____ 구입했는데 막상 써 보니

　　　 화면이 너무 작아서 불편해요. 교환은 안 될까요?

　　나: 교환은 어렵습니다. 익숙해지면 괜찮을 텐데요.

❸ 가: 이 바지를 입으면 키가 커 _____ 샀는데 입어 보니 너무 꽉

　　　 껴서 불편해요.

　　나: 그러세요? 그럼 다른 바지로 입어 보시죠.

❹ 가: 이 가방이요, 디자인이 참 _____ 샀는데 색깔이 너무

　　　 화려해서요. 환불해 주세요.

　　나: 정말이요? 디자인이 진짜 독특한 건데 다른 색깔은 어떠세요?

❺ 가: 왕 웨이 씨, 왜 그렇게 빵을 많이 들고 가요?

　　나: 우리반 친구들이 배가 고프다고 _____ 좀 많이 샀어요.

❻ 가: 영진 씨, 도대체 밤에 뭘 _____ 대낮에 그렇게 하품을 해요?

　　나: 요즘 인터넷 게임에 푹 빠져서 밤마다 잠을 못 자거든요.

–았/었/였더니

1 〈보기〉와 같이 이야기한 후에 쓰세요.

> **보기**
> 가 : 어제 여기서 구두를 샀는데요. 상자를 **열었더니** 사이즈가
> 다른 게 들어 있던데요?
> 나 : 그래요? 저희 직원이 실수했나 봅니다.

❶ 가 : 인터넷으로 주문한 책이 왔는데요. 포장을 ＿＿＿＿＿＿＿ 책표지가

　　찢어져 있어요.

　나 : 죄송합니다. 배송 과정에 문제가 있었나 봅니다.

❷ 가 : 저기요, 이거 여기서 산 건데요. 자세히 ＿＿＿＿＿＿＿ 사용한

　　흔적이 있어요.

　나 : 네? 그럴 리가요. 저희는 새 제품만 판매하는데, 한번 볼까요?

❸ 가 : 얼마 전에 블라우스를 구입했는데요. 세탁기로 한 번 ＿＿＿＿＿＿＿

　　줄었어요.

　나 : 죄송합니다만, 혹시 세탁 표시에 '드라이'라고 되어 있지 않았나요?

❹ 가 : 아저씨, 아까 사 간 수박이요. 집에 가서 ＿＿＿＿＿＿＿ 맛이 너무

　　싱거워요.

　나 : 그래요? 죄송해서 어쩌죠. 새 걸로 다시 드릴게요.

❺ 가 : 우리 어디 들어가서 음료수라도 좀 마실까?

　나 : 그러자. 싼 물건 사려고 여기저기 너무 ＿＿＿＿＿＿＿ 다리도

　　아프고 목도 마르네.

❻ 가 : 수미 씨, 목소리가 왜 그래요? 어디 아파요?

　나 : 네, 어제 창문을 열고 잠을 ＿＿＿＿＿＿＿ 감기에 걸렸나 봐요.

🖊 사동 표현

1 〈보기〉와 같이 이야기한 후에 쓰세요.

> **보기1**
>
> 가: 미안한데 오늘 오후에 세탁소에 내 옷 좀 **맡겨 줘.**
>
> 나: 응, 그 봉투에 넣어 둔 거 말이지?

> **보기2**
>
> 가: 수진 씨는 시장보다 마트에 가는 게 더 편해요?
>
> 나: 네, 시장은 조금 사면 계산할 때 카드를 못 **쓰게 하거든요.**

❶ 가: 아이코, 나 내일 아침에 학교에 늦지 않게 일찍 _____

　　나: 그래, 대신 짜증 내지 않고 일어나야 해.

❷ 가: 수미야, 이 행사 포스터 좀 사무실 게시판에 _____

　　나: 네, 교수님. 학과 사무실 말씀하시는 거죠?

❸ 가: 여보세요? 저 김 과장님과 통화하고 싶은데요.

　　나: 지금 막 회의에 들어가셨어요. 혹시 메시지를 _____

❹ 가: 왜 인터넷 쇼핑몰들은 반품 신청을 꼭 일주일 안에 하라고 할까?

　　나: 그건 가능하면 반품 신청을 못 _____ 의도일 거야.

❺ 가: 요즘 남자 친구를 잘 안 만나는 것 같아요. 무슨 일 있어요?

　　나: 학교 다닐 때는 공부가 더 우선이라고 저희 부모님께서 남자 친구를

　　　　못 _____

❻ 가: 마이클 씨는 왜 그렇게 랜디 씨랑 친해요?

　　나: 힘들어서 한국어 공부를 포기하고 싶을 때마다 제게 힘을 줘서 다시

　　　　공부를 _____ 친구거든요.

말하기 연습

1 다음을 이야기한 후에 쓰세요.

1) 가 : 여보세요? 거기 행복마트죠? 제가 물건을 받았는데요. 확인을

　　　＿＿＿＿＿＿＿＿＿＿＿＿＿＿ 좀 문제가 있어서요.

나 : 네, 어떤 문제가 있으십니까?

가 : 우유를 주문했는데, 이틀이나 ＿＿＿＿＿＿＿＿＿＿＿. 이거

　　　어떻게 해야 돼요?

나 : 새 제품으로 다시 보내드릴 수도 있고, 영수증을 가져오시면

　　　＿＿＿＿＿＿＿＿＿＿＿＿ 가능합니다.

가 : 그럼, 지금 바로 새 제품으로 가져다 주시면 좋겠어요.

2) 가 : 저기요, 며칠 전에 여기에서 이 청소기를 구입했는데요. 교환을

　　　하고 싶어서요.

나 : 교환이요? 죄송하지만 가전제품의 경우 상자를 개봉해서 한 번이라도

　　　＿＿＿＿＿＿＿＿＿＿＿＿ 교환은 불가능한데요.

가 : 그건 저도 알고 있는데요. 판매하셨던 분이 제품을 권할 때 좀 잘못

　　　알려 주신 것 같아서요.

나 : 네? 그게 무슨 말씀인가요?

가 : 여기가 이 청소기를 가장 싼 가격으로 ＿＿＿＿＿＿＿＿＿＿＿＿

　　　산 건데, 다른 곳이 2만 원이나 더 싸더라고요. 교환해 주시든지

　　　아니면 2만 원을 깎아 주세요.

나 : 아, 그렇습니까? 그럼 판매를 담당했던 직원과 이야기해 보고 곧

　　　연락 드리겠습니다.

읽기 연습

1 다음은 쇼핑몰 사이트의 안내입니다. 잘 읽고 질문에 답하세요.

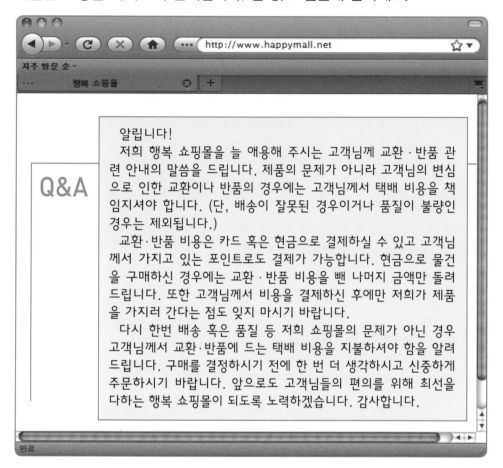

```
http://www.happymall.net
자주 방문 순▾
행복 쇼핑몰

Q&A
```

알립니다!
저희 행복 쇼핑몰을 늘 애용해 주시는 고객님께 교환·반품 관련 안내의 말씀을 드립니다. 제품의 문제가 아니라 고객님의 변심으로 인한 교환이나 반품의 경우에는 고객님께서 택배 비용을 책임지셔야 합니다. (단, 배송이 잘못된 경우이거나 품질이 불량인 경우는 제외됩니다.)
교환·반품 비용은 카드 혹은 현금으로 결제하실 수 있고 고객님께서 가지고 있는 포인트로도 결제가 가능합니다. 현금으로 물건을 구매하신 경우에는 교환·반품 비용을 뺀 나머지 금액만 돌려드립니다. 또한 고객님께서 비용을 결제하신 후에만 저희가 제품을 가지러 간다는 점도 잊지 마시기 바랍니다.
다시 한번 배송 혹은 품질 등 저희 쇼핑몰의 문제가 아닌 경우 고객님께서 교환·반품에 드는 택배 비용을 지불하셔야 함을 알려드립니다. 구매를 결정하시기 전에 한 번 더 생각하시고 신중하게 주문하시기 바랍니다. 앞으로도 고객님들의 편의를 위해 최선을 다하는 행복 쇼핑몰이 되도록 노력하겠습니다. 감사합니다.

1) 위와 같은 안내의 글을 사이트에 올리게 된 이유는 무엇입니까?

2) 읽은 내용과 같으면 ○, 다르면 ✕에 표시하세요.

❶ 구매한 제품의 교환·반품에 드는 비용은 전적으로 쇼핑몰이 내야 한다.   ☐○ ☐✕

❷ 주문한 것과 다른 제품이 배송된 경우 쇼핑몰이 반품 비용을 내야 한다.   ☐○ ☐✕

❸ 고객의 반품 요청이 접수되는 대로 쇼핑몰은 제품을 가지러 간다.   ☐○ ☐✕

쓰기 연습

1 다음은 리사 씨가 구입한 제품에 대한 메모입니다. 그림을 보고 리사 씨가 되어 교환을 요청하는 이메일을 써 보세요.

1. 5월 10일에 주문함.
2. 제품의 색깔이나 사이즈는 맘에 듦.
3. 단추와 소매에 문제가 있음.
4. 사은품으로 주기로 한 작은 스카프가 빠져 있음.

1) 리사 씨가 구입한 제품은 무엇입니까?

2) 리사 씨가 구입한 제품에는 어떤 문제가 있습니까?

3) 제품 자체의 문제 외에 또 어떤 문제가 있습니까?

4) 리사 씨는 인터넷 쇼핑몰에 어떤 요청을 하고 싶어합니까?

5) 위에서 메모한 내용을 바탕으로 리사 씨가 되어 교환을 요청하는
   이메일을 써 보세요.

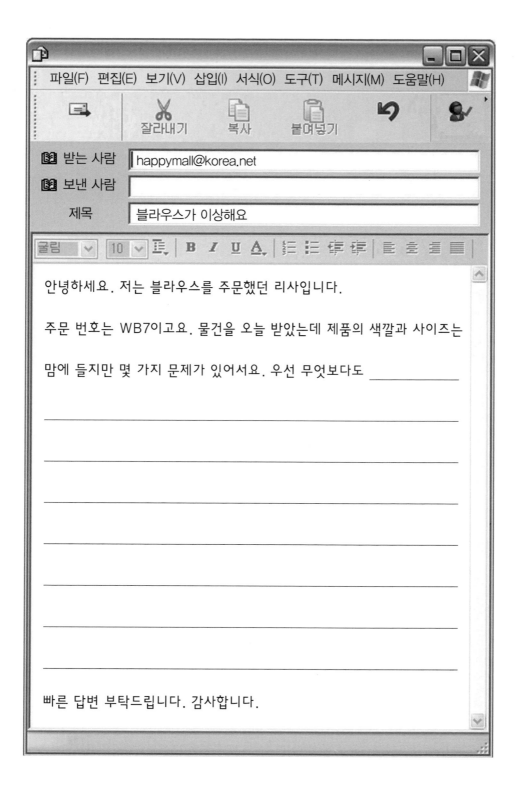

파일(F) 편집(E) 보기(V) 삽입(I) 서식(O) 도구(T) 메시지(M) 도움말(H)

잘라내기   복사   붙여넣기

받는 사람   happymall@korea.net

보낸 사람

제목   블라우스가 이상해요

글림   10   B I U A

안녕하세요. 저는 블라우스를 주문했던 리사입니다.

주문 번호는 WB7이고요. 물건을 오늘 받았는데 제품의 색깔과 사이즈는

맘에 들지만 몇 가지 문제가 있어서요. 우선 무엇보다도 _____

_____

_____

_____

_____

_____

_____

빠른 답변 부탁드립니다. 감사합니다.

제4과 집안의 일상

학습 목표
집안일의 종류에 대하여 이야기하고 가사에 대한 자신의 생각을 말할 수 있다.

주제	가사
기능	집안일에 대해 이야기하기
	집안일에 대한 불만 이야기하기
	변명하기
연습	말하기 : 집안일에 대해 묻고 답하기
	읽기 : 가사 분담에 대한 글 읽기
	쓰기 : 집안일에 대한 글 쓰기
어휘	집안일 1, 2, 수선과 수리
문법	-(으)ㄹ 뿐만 아니라, -느라고 -는데, -는 둥 마는 둥

제4과 **집안의 일상**

1 그림을 보고 알맞은 말을 연결하세요.

❶

• ⓐ 걸레질하다

❷

• ⓑ 진공청소기를 돌리다

❸

• ⓒ 먼지를 털다

❹

• ⓓ 바닥을 쓸다

❺

• ⓔ 어질러진 것을 정리하다

❻

• ⓕ 쓰레기를 분리하다

2 〈보기〉에서 알맞은 말을 찾아 쓰세요.

> **보기**
>
> 빨래를 널다   다림질하다   방을 치우다
>
> 장을 보다   설거지하다   집안일을 하다

❶ 가 : 세탁기가 다 돌아간 것 같아. 바쁘지 않으면 _____

   나 : 응, 알았어. 밖에 있는 건조대에 널면 되지?

❷ 가 : 내일 유진이 생일 파티 음식은 네가 맡기로 했다며? 준비는 다 했어?

   나 : 아니. 지금 _____ 슈퍼마켓에 가는 길이야.

❸ 가 : 왜 매일 그렇게 구겨진 셔츠를 입고 다녀요? 좀 _____

      입으세요.

   나 : 남자 혼자 사는데 어떻게 그런 걸 다 신경 써요. 구겨져도 그냥 입는

      거지요, 뭐.

❹ 가 : 부모님과 떨어져서 혼자 생활해 보니까 어때요?

   나 : 편해서 좋은데 청소나 요리 같은 _____ 게 좀 귀찮을

      때도 있어요.

❺ 가 : 나는 방 청소를 할 테니까 너는 음식 장만을 좀 맡아 줄래?

   나 : 좋은 생각이야. 나는 _____ 것보다 부엌일하는 것이

      더 좋으니까.

❻ 가 : 싱크대에 그릇하고 컵들이 잔뜩 쌓여 있네. 좀 치워.

   나 : 나도 아는데 내가 세상에서 제일 싫어하는 게 _____

      거야.

3 그림을 보고 〈보기〉에서 알맞은 말을 찾아 쓰세요.

전구를 갈다	못을 박다	손을 보다
변기를 뚫다	조립을 하다	나사를 조이다

❶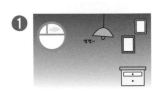
가 : 어, 방이 왜 이렇게 어두워요? 불이 나간
거예요?

나 : 네. 어떻게 _____ 몰라서 그냥 이러고
있어요.

❷
가 : 액자를 걸어야 하는데 어디쯤에 _____
게 좋을까?

나 : 이쪽은 시계가 있으니까 저쪽이 어때?

❸
가 : 혹시 _____ 줄 알아? 꽉 막혔어.

나 : 그러게. 누가 휴지를 이렇게 잔뜩 집어
넣었지?

❹
가 : 인터넷으로 주문한 책장이 도착했는데 이거
_____ 되는 제품이었네.

나 : 그래? 나도 완성품인줄 알았는데.

❺
가 : 야, 저 의자 좀 고쳐 봐. 너무 삐걱거린다.

나 : 이거 간단한 거잖아. 드라이버로 _____
되는데.

❻
가 : 싱크대에서 물이 조금씩 새는 것 같아요.

나 : 그러네요. 큰 문제는 아니니까 조금만
_____ 괜찮아질 거예요.

–(으)ㄹ 뿐만 아니라

1 〈보기〉와 같이 이야기한 후에 쓰세요.

> **보기**
>
> 가 : 집안일 하는 거 생각보다 힘들지요?
>
> 나 : **힘들 뿐만 아니라** 어렵기까지 하더라고요.

❶ 가 : 자취 생활을 하면 집안일 할 것이 많지 않아요?

　나 : ＿＿＿＿＿＿＿ 힘들기도 하던데요.

❷ 가 : 혼자 독립해서 생활하니까 좋다면서요? 집안일도 재미있어요?

　나 : 네, ＿＿＿＿＿＿＿ 적성에도 맞는 것 같아요.

❸ 가 : 새로 온 방 친구는 어때? 청소 같은 거 잘해?

　나 : 응, ＿＿＿＿＿＿＿ 집안일을 즐기면서 하더라고.

❹ 가 : 여기가 네 방이구나. 야, 근데 너 청소하기 귀찮아 하나 보다.

　나 : ＿＿＿＿＿＿＿ 요즘은 바빠서 할 시간도 없어.

❺ 가 : 투이 씨는 한국에 온 지 반 년도 안된 것치고는 한국어를 정말
　　　유창하게 하네요.

　나 : ＿＿＿＿＿＿＿ 한국 문화에 대해서도 모르는 게 없다니까요.

❻ 가 : 박 대리님은 자기 일에 대한 책임감이 정말 강한 것 같아요.

　나 : ＿＿＿＿＿＿＿ 부서 일도 정말 적극적으로 나서서 하더라고요.

✏️ -느라고 -는데

1 〈보기〉와 같이 이야기한 후에 쓰세요.

> 보기
>
> 가 : 후유, 집안이 이게 뭐예요? 청소 안 하세요?
>
> 나 : <u>하느라고 하는데</u> 아직 익숙하지가 않아서 그래요.

❶ 가 : 세상에. 집이 왜 이렇게 엉망이에요? 집안일에 신경 좀 쓰세요.

　나 : _____ 요즘 시간이 없어서 그래요.

❷ 가 : 아주머니, 죄송한데요. 이것 좀 다시 빨아 주시면 안 돼요?

　나 : 어머, 깨끗이 _____ 얼룩이 안 지워지고 남았네.

　　　미안해.

❸ 가 : 우와, 완전히 진수성찬이네. 너 음식 준비하느라 힘들었겠다.

　나 : 힘들긴. 맛있게 _____ 너희들 입맛에 맞을지

　　　모르겠다.

❹ 가 : 이 그릇들 닦은 거 맞아요? 아직도 음식 찌꺼기가 좀 남아 있네요.

　나 : 그래요? _____ 왜 그런 게 남아 있지?

❺ 가 : 첸닝 씨는 날이 갈수록 한국어가 느네요. 한국어 공부만 하나 봐요.

　나 : 실은 _____ 점점 어려운 게 많아져서 늘 고민이에요.

❻ 가 : 체중 관리에는 걷는 것만큼 좋은 운동이 없대요.

　나 : 예외도 있는 것 같아요. 저는 열심히 _____ 효과가

　　　전혀 없거든요.

–는 둥 마는 둥

1 〈보기〉와 같이 이야기한 후에 쓰세요.

> **보기**
>
> 가 : 같이 사는 친구한테 집안일 좀 나눠서 하자고 해.
>
> 나 : 부탁하면 <u>하는 둥 마는 둥</u> 해서 내가 하는 게 나아.

❶ 가 : 내가 도울 일은 없어? 부탁할 것 있으면 주저하지 말고 부탁해.

  나 : 막상 부탁하면 항상 _____ 하면서 말로만 그래.

❷ 가 : 야, 그렇게 _____ 하지 말고 잘 좀 다려 봐.

  나 : 부탁하는 주제에 너는 참 요구도 많다.

❸ 가 : 와, 그릇들이 반짝반짝해요. 린다 씨는 뭐든지 대충대충 하는 일이

    없나 봐요.

  나 : 네. _____ 하면 설거지를 안 한 것 같아서요.

❹ 가 : 그렇게 _____ 하지 말고 잘 좀 들어 봐.

  나 : 무슨 소리야. 내가 지금 네 이야기에 얼마나 집중하고 있는데.

❺ 가 : 제가 한 음식이 입에 안 맞나 봐요. _____ 하는 걸

    보니까.

  나 : 그래서 그러는 거 아니에요. 실은 벌써 점심을 먹었거든요.

❻ 가 : 우산을 가지고 가야 할지 말아야 할지 모르겠네요.

  나 : 그러게요. 아침부터 비가 _____ 해서 저도 잘

    모르겠어요.

말하기 연습

1 다음을 이야기한 후에 쓰세요.

1) 가 : 너는 집안 청소 자주 하고 사냐?

   나 : 아니. 나는 ＿＿＿＿＿＿ 제일 싫어.

   가 : 나는 밥 해먹고 설거지 하는 게 더 싫더라.

   나 : 맞아. 그런 것도 하기 싫지. 그리고 난 ＿＿＿＿＿＿ 것도 정말
       취미 없어. 그래서 난 그냥 구겨진 옷 입고 다녀.

2) 가 : 하루 종일 텔레비전만 보지 말고 집안일 좀 나눠서 하면 안 될까?

   나 : 응? 나도 집안일에 신경을 ＿＿＿＿＿＿ 왜 나만 보면 잔소리니?

   가 : 신경을 쓴다고? 넌 무슨 일을 하든지 대충 ＿＿＿＿＿＿ 하잖아.

   나 : 야, 기숙사치고 이 정도면 깔끔한 거야. 너무 깨끗하게 살려고 애쓰지
       말자. 좀 지저분하다고 누가 잡아가니?

3) 가 : 집안일이 많아서 자취 생활하기 힘들다더니 요즘엔 좀 괜찮아졌어요?

   나 : 아니요. 집안일은 할 게 ＿＿＿＿＿＿ 요령도 필요한 것 같더라
       고요. 민수 씨는 남자가 어떻게 그렇게 ＿＿＿＿＿＿

   가 : 살림을 잘하기는요. 익숙해져서 그렇지 저도 처음엔 장보기에서
       분리수거까지 제대로 할 줄 아는 게 하나도 없었어요.

   나 : 민수 씨 같은 남편을 만나면 가사를 ＿＿＿＿＿＿ 수 있어서
       좋겠네요.

   가 : 분담을 하는 게 아니라 완전히 맡기려는 거 아니에요?

   나 : 어떻게 알았지요? 집안일만 잘하는 게 아니라 눈치도 빠르네요.

1 다음은 인터넷 게시판에 올라온 글입니다. 잘 읽고 질문에 답하세요.

전체보기 (25)   목록열기 ▼

우리 부부 재미있지요?
                                    ●게시일 2. 21   ●게시자 married1217@hotmail.net
----

    안녕하세요. 늘 여러분이 올려주시는 글을 읽기만 하다가 이렇게 직접 글을 쓰
는 것은 처음이네요. 작년에 결혼한 우리 부부 이야기 좀 해 드리려고요.
    얼마 전에 어떤 글을 보니 집안일을 싫어하는 부인 때문에 고민하시는 분이 있
더라고요. 사실은 저희 집도 그래요. 저는 여자이지만 집안일에는 전혀 관심이 없
어요. 저는 오히려 오래된 전자 제품을 수리하거나 고장이 난 물건들을 손 보는
쪽이 더 적성에 맞아요. 반대로 저희 남편은 집안일의 선수예요. 여러 가지 집안
일을 깔끔하고 꼼꼼하게 해 나갈 뿐만 아니라 요즘에는 살림을 즐기는 수준까지
된 것 같아요. 남들이 보면 이상하다고 생각할 수도 있겠지만 저희는 이런 식으로
가사를 분담하고 있기 때문에 서로 도움도 많이 되고 싸울 일도 없는 것 같아요.
    모든 여자가 꼭 다림질을 잘해야 한다는 법도 없고 모든 남자가 꼭 못을 잘 박
아야 한다는 법도 없다고 생각해요. 만약에 여러분의 부인이 살림에 재주가 없다
면, 여러분의 남편이 나사 하나 조이지 못한다면 가끔 서로의 일을 바꿔서 해 보
세요. 지금까지 몰랐던 재주를 발견하게 될지도 모르니까요.

덧글 쓰기   엮인글 쓰기 | 공감   수정 | 삭제

1) 읽은 내용과 같으면 ○, 다르면 ✕에 표시하세요.

   (1) 이 부부의 경우, 남편이 집안일을 전담하고 있다.   ○   ✕

   (2) 이 부부는 가사 분담 문제로 여러 가지 고민이 많다.   ○   ✕

   (3) 이 여자는 물건을 고치거나 수리하는 일에는 관심이
       있다.   ○   ✕

   (4) 이 여자의 남편은 가사에 관심이 많고 그런 일에
       재주가 있다.   ○   ✕

2) 가사 분담에 문제가 있는 부부들에게 이 여자가 충고한 내용은 무엇입니까?

쓰기 연습

1 다음은 우메드 씨의 집안일에 대한 그림입니다. 그림을 보고 우메드 씨가 기숙사에서 하는 일을 글로 써 보세요.

1) 우메드 씨는 집안일을 즐기는 편입니까, 그렇지 않은 편입니까?

   왜 그렇게 생각합니까? 메모해 보세요.

2) 우메드 씨가 집안일을 즐겁게 하기 위해서 사용하는 방법은 무엇입니까?

   메모해 보세요.

3) 우메드 씨가 가장 싫어하는 집안일은 무엇이며, 그 이유는 무엇입니까?

   메모해 보세요.

4) 위의 메모를 바탕으로 우메드 씨가 되어 집안일에 대한 글을 써 보세요.

   _____

   _____

   _____

   _____

제5과 직장 생활

학습 목표
업무 지시를 이해하고 업무 진행 상황 및 결과를 보고할 수 있다.

주제	직장
기능	업무에 대해 이야기하기
	업무 보고하기
	직장 생활에 대해 이야기하기
연습	말하기 : 업무에 대해 묻고 답하기
	읽기 : 일에 관련된 공문 읽기
	쓰기 : 출장 보고서 쓰기
어휘	회사와 부서, 업무 1, 2
문법	─(으)ㅁ, ─(으)ㄹ 것, ─다고/─냐고/─자고/─라고 했대요
	─고 생각하다

제5과 **직장 생활**

어휘와 표현

1. 그림을 보고 알맞은 말을 연결하세요.

❶ 　　　　　　　　　　• ⓐ 증권사

❷ 　　　　　　　　　　• ⓑ 무역 회사

❸ 　　　　　　　　　　• ⓒ 제약 회사

❹ 　　　　　　　　　　• ⓓ 광고 회사

❺ 　　　　　　　　　　• ⓔ 출판사

❻ 　　　　　　　　　　• ⓕ 보험사

2 〈보기〉에서 알맞은 말을 찾아 쓰세요.

> 보기
> 신입 사원을 교육하다 　　　　제품을 개발하다
> 시설을 관리하다 　　　　　　고객의 반응을 조사하다
> 불편 사항을 접수하다 　　　　제품을 디자인하다

❶ 가 : 안녕하세요? 저는 총무과 이지훈입니다. ＿＿＿＿＿＿＿＿＿＿
　　　일을 맡고 있습니다.

　나 : 회사에 기자재가 많아서 일하려면 힘드시겠어요.

❷ 가 : 최 과장님은 제품 기획팀에서 어떤 일을 맡고 계세요?

　나 : 네, 저는 새로운 ＿＿＿＿＿＿＿＿＿＿ 그 제품을 관리하는 일을
　　　합니다.

❸ 가 : 매일 고객들의 전화를 받고 ＿＿＿＿＿＿＿＿＿＿ 참 힘들 것
　　　같아요.

　나 : 네. 불만을 적극적으로 표현하는 고객들이 많아서 조금 힘들어요.

❹ 가 : 김 대리, 이번 신제품에 대해 ＿＿＿＿＿＿＿＿＿＿ 그 설문 조사
　　　는 다 끝냈습니까?

　나 : 네, 조사는 다 마쳤고 지금은 결과를 분석하고 있습니다.

❺ 가 : 김혜선 씨는 특별한 재능이 있는 것 같아요. ＿＿＿＿＿＿＿＿＿＿
　　　감각이 정말 대단해요.

　나 : 그렇죠. 이번 신제품도 김혜선 씨가 했는데 반응이 좋았대요.

❻ 가 : 이 과장, 이번에 새로 입사한 직원들 어때?

　나 : 말도 마세요. 제가 5년 동안이나 ＿＿＿＿＿＿＿＿＿＿ 이번처럼
　　　힘든 경우는 처음이에요. 어떤 직원은 저를 가르치려 한다니까요.

3 〈보기〉에서 알맞은 말을 찾아 쓰세요.

> 보기
>
> 공문을 보내다   결재를 올리다
> 결과를 보고하다   섭외하다   예산을 세우다

　　내일은 회사에 가자마자 지난주부터 작성하던 행사 기획안을 마무리해야 한다. 기획안 준비가 끝나면 과장님께 _____. 그런데 과장님께서 내가 작성한 기획안이 마음에 안 든다고 다시 작성하라고 하실까 봐 걱정이다. 특히 비용이 너무 많이 든다고 다시 _____ 한다면 큰일이다. 돈이나 숫자 계산과 관련된 일은 내 적성에 맞지 않는다. 계산을 여러 번 반복하다 보면 스트레스가 이만저만이 아니다. 결재를 받은 후에도 처리해야 할 일이 많다. 행사 장소를 _____ 총무부에 물품을 청구하는 _____. 물론 행사가 끝났다고 일이 다 끝나는 것은 아니다. 영수증을 처리하고 행사에 대한 _____.

　　다음 주도 여전히 바쁜 일주일이 될 것 같다. 하지만 처음으로 혼자 맡은 일인 만큼 잘 해서 나의 능력을 보여 주고 싶다.

문법

✏ –(으)ㅁ, –(으)ㄹ 것

1 〈보기〉와 같이 이야기한 후에 쓰세요.

> **보기**
>
> 가 : 박도현 씨, 2시부터 5시까지 회의실을 잡아 주세요.
>
> ➡ <u>2시부터 5시까지 회의실 잡아 줄 것</u>.

❶ 가 : 김영진 씨, 회의록 다 작성했습니다.

➡ _____

❷ 가 : 수미 씨, 현재 행사 장소를 섭외하고 있습니다.

➡ _____

❸ 가 : 영진 씨, 제가 오전에 거래처에 공문 다 보냈습니다.

➡ _____

❹ 가 : 전도윤 씨, 이번 주까지 행사비 영수증 처리를 끝내 주세요.

➡ _____

❺ 가 : 박미영 씨, 오늘 중으로 고객 조사 자료를 정리해 주기 바랍니다.

➡ _____

❻ 가 : 김 대리, 오늘까지 신제품 광고 예산을 세워서 결재 올려야 합니다.

➡ _____

✎ -다고/-냐고/-자고/-라고 했대요

1 〈보기〉와 같이 이야기한 후에 쓰세요.

> 보기
>
> 가: 영진 씨 지금 기자재 설치해요?
>
> 나: 지금 다른 일 때문에 바빠서 조금 이따 <u>설치한다고 했대요</u>.

❶ 가 : 이번에 부장님께서 도훈 씨를 유럽 출장에 데려간다면서요?

　　나 : 네, 신입 사원인데도 일을 하도 잘해서 도훈 씨를 _____

❷ 가 : 김 대리요, 보고서 다 썼다더니 왜 아직도 쓰고 있어요?

　　나 : 부장님 마음에 안 들었나 봐요. 부장님이 다시 _____

❸ 가 : 성우 씨는 오늘도 야근해야 한대요?

　　나 : 네, 부장님이 성우 씨한테 오늘 안에 거래처에 공문을

　　　　_____

❹ 가 : 미영 씨 무슨 걱정 있나 봐요. 얼굴 표정이 안 좋아요.

　　나 : 팀장님이 오늘까지 반드시 보고서를 완성해서 _____.

　　　　그런데 오늘까지 제출하기 어려운 모양이에요.

❺ 가 : 부장님이 뭐라고 했길래 민수 씨가 저렇게 바쁘게 움직여요?

　　나 : 회의 준비하는 데에 왜 이렇게 시간이 오래 _____.

　　　　그리고 나서 5분 안에 준비 끝내라고 하셨나 봐요.

❻ 가 : 도현 씨랑 다니엘 씨는 이번에도 프로젝트를 같이 하게 되었다면서요?

　　나 : 네, 지난번 일의 결과가 좋아서 도현 씨가 다니엘 씨한테 같이

　　　　_____

✏️ –고 생각하다

1 〈보기〉와 같이 이야기한 후에 쓰세요.

> 보기
> 가 : 사장님의 이번 결정에 대해 말이 많은 것 같아요.
> 나 : 네, 저도 좀 문제가 <u>있다고 생각합니다</u>.

❶ 가 : 우리 회사가 계속 1위를 지키기 위해서 앞으로 무엇에 가장 힘써야
　　　할까요?

　　나 : 저는 무엇보다 새로운 기술 개발에 ＿＿＿＿＿＿＿＿＿＿

❷ 가 : 홍보물을 제작하려면 먼저 제품의 특성을 파악하는 게 필요하겠네요.

　　나 : 저는 제품의 특성보다 고객의 요구를 먼저 조사하는 일이

　　　＿＿＿＿＿＿＿＿＿

❸ 가 : 제품 발표회 준비는 장소 섭외부터 하는 게 우선이겠지요?

　　나 : 글쎄요, 저는 참석 인원부터 알아보는 게 ＿＿＿＿＿＿＿＿＿

❹ 가 : 워낙 큰 행사라 먼저 인사팀에 협조를 부탁하는 게 순서인 것 같아요.

　　나 : 아니요. 저는 오히려 예산부터 확인하는 게 ＿＿＿＿＿＿＿＿＿

❺ 가 : 대학 생활을 후회 없이 보내기 위해서는 열심히 공부하는 게
　　　최고예요.

　　나 : 그런 것도 중요하지만, 저는 다양한 경험을 쌓는 것이 더

　　　＿＿＿＿＿＿＿＿＿

❻ 가 : 요즘에는 동네의 작은 가게에서도 환불을 잘 해 주더라고요.

　　나 : 맞아요. 대형 할인점하고 경쟁을 해야 돼서 그런지 예전보다
　　　서비스가 더 ＿＿＿＿＿＿＿＿＿

1 다음을 이야기한 후에 쓰세요.

1) 가 : 안녕하세요? 김정우입니다. 잘 부탁드립니다.

나 : 우리 팀에 오신 것을 환영합니다. 일본 지사에서 일했다고 들었는데 거기에서는 어떤 부서에서 일했습니까?

가 : _____ 일했습니다. 회사의 홍보물을 제작하고 홈페이지를 관리했습니다.

나 : 아, 그러세요. 참, 이 과장님, 김정우 씨 실무 교육은 누가 맡기로 했는지 아세요?

다 : 아까 팀장님이 최 대리한테 _____

나 : 최 대리는 꼼꼼하고 자상하니까 잘할 것 같네요. 김정우 씨, 아무튼 열심히 하세요.

가 : 네, 최선을 다해서 열심히 일하겠습니다.

2) 가 : 이번에는 김 대리가 소비자 요구 조사에 대해서 보고해 주세요.

나 : 네. 그러면 제가 소비자 요구 조사의 진행 상황에 대해 _____. 먼저 조사 대상은 저희 제품의 주요 고객인 20대 여성으로 정했습니다. 문제는 저희 팀에서 조사를 직접 실시하기가 어렵다는 점입니다. 그래서 고객 관리팀에 업무 협조를 요청하는 것이 _____. 그리고 결과가 나오면 그것을 바탕으로 _____. 그리고 그 기획안 작성이 끝나는 대로 보고회를 갖도록 하겠습니다.

다 : 네, 알겠습니다. 중간에도 진행 상황을 간단히 보고해 주세요.

읽기 연습

1 다음은 공문입니다. 잘 읽고 물음에 답하세요.

㈜ 성 일

수신자 총무부장
발신자 인사팀 교육담당관
제 목 신입 사원 교육 관련 협조 요청

인사팀에서는 4월 24일에 신입 사원 교육을 실시할 예정입니다.
이와 관련하여 아래와 같은 사항의 업무 협조를 요청합니다.
신입 사원 교육의 원활한 진행을 위해 적극적인 업무 협조를 부탁드립니다.

– 아 래 –

1. 교육 장소 섭외(참석 인원 50명).
2. 컴퓨터, 프린터 등의 기자재 설치.
3. 행사 물품 준비(첨부 자료). 끝.
첨부 : 물품 목록 1부, 행사 진행표 1부

인사팀장

담당 03.03 　　**과장** 03.03 　　**팀장** 03.03
　　이영준 　　　　　김인수 　　　　　신종호
시행 인사팀
　　우)123–123 서울시 성북구 안암동 5가
전화 02–123–1234 　　전송 02–321–4321 / 이영준

---

1) 이 공문은 누가, 누구에게 보냈습니까?

2) 공문을 보낸 이유는 무엇입니까?

3) 읽은 내용과 같으면 O, 다르면 X에 표시하세요.

　(1) 공문에서 신입 사원 교육을 위한 장소를 확인할 수 있다. 　O 　X

　(2) 공문에서 신입 사원 교육에 필요한 물품을 확인할 수 있다. 　O 　X

　(3) 공문을 보면 신입 사원 교육이 어떻게 진행될지 알 수 있다. 　O 　X

1 다음은 박 부장이 수첩에 쓴 메모입니다. 이 메모를 바탕으로 박 부장이 되어 출장 보고서를 써 보세요.

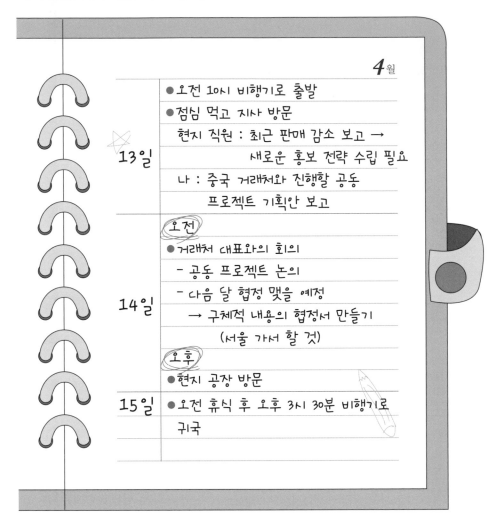

1) 언제, 어디로 출장을 갔는지 메모해 보세요.

2) 박 부장이 출장 가서 한 주요 업무는 무엇인지 메모해 보세요.

3) 박 부장이 돌아와서 회사에 제안할 내용이 무엇인지 메모해 보세요.

4) 위에서 메모한 내용을 바탕으로 박 부장이 되어 출장 보고서를 완성해
   보세요.

<table>
<tr><td colspan="2" style="text-align:center"><h2>출장 보고서</h2></td></tr>
<tr><td>출장 기간</td><td>4월 13일(화)~4월 15일(목)</td></tr>
<tr><td>출장 지역</td><td>중국 칭다오</td></tr>
<tr><td>출장 일정 및
업무 내용</td><td>(1) 4월 13일
• 오후: 지사를 방문하여 보고회를 가짐.
    – 현지 직원으로부터 최근 판매 감소 현황에
      대해 보고 받음.
    –

(2)

(3)</td></tr>
<tr><td>출장 결과 및 제안</td><td>(4) 이번 출장은 크게 두 가지 목적으로 이루어졌다.
하나는 지사를 방문하여 최근 판매 현황에 대해 알아
보는 것이고, 또 하나는 중국의 거래처와 진행할 공동
프로젝트에 대해 논의하는 것이었다. 출장의 결과를
바탕으로 다음과 같이 제안하고자 한다.

_____

_____

_____

_____

_____</td></tr>
</table>

종합 연습 Ⅰ

1 다음 밑줄에 알맞은 말을 고르세요.

1) 가: 여기 바닥에 뭐가 묻었는데? _____ 좀 해야겠다.

    나: 아침에 청소기를 한 번 돌리긴 했는데 안 닦아서 그래.

    ❶ 빨래   ❷ 설거지   ❸ 다림질   ❹ 걸레질

2) 가: 날씨가 이렇게 갑자기 추워지면 저 개나리들 다 죽겠다.

    나: _____ 때문에 그러니까 금방 다시 따뜻해질 거야.

    ❶ 삼한사온   ❷ 천고마비   ❸ 꽃샘추위   ❹ 찜통더위

3) 가: 저기요, 여기에서 계란을 샀는데 집에 가서 보니까 _____. 교환해 주세요.

    나: 어제까지였네요. 정말 죄송합니다. 새 걸로 드릴게요.

    ❶ 깨져 있었어요   ❷ 이물질이 들어 있어요

    ❸ 유통 기한이 지났어요   ❹ 포장을 뜯은 흔적이 있어요

2 다음 밑줄 친 부분과 의미가 비슷한 것을 고르세요.

1) 한 달 전에 군대를 마치고 지금은 다음 학기 복학을 위해 준비 중입니다.

    ❶ 입대를 하고   ❷ 제대를 하고   ❸ 면제를 받고   ❹ 휴가를 나오고

2) 며칠 전만 해도 정말 무덥고 후텁지근했는데 오늘은 좀 선선해졌네요.

    ❶ 푹했는데   ❷ 따뜻했는데   ❸ 포근했는데   ❹ 푹푹 쪘는데

3) 과장님, 지난 홍보 행사 물품 구입비에 대한 영수증을 다 정리했습니다.

    ❶ 처리했습니다   ❷ 작성했습니다

    ❸ 청구했습니다   ❹ 입력했습니다

3 다음에서 알맞은 말을 골라 대화를 완성하세요.

1) 반대하다 – 격려하다 – 동의하다

　　가: 음대에 가겠다고 했을 때 부모님께서 많이 말리셨다면서요?

　　나: 처음에는 ＿＿＿＿＿＿＿ 지금은 적극적으로 지원해 주고 계세요.

2) 못을 박다 – 조립을 하다 – 수선을 하다

　　가: 액자들을 새로 걸었네요. 영미 씨가 혼자 한 거예요?

　　나: 네, 그것들 걸려고 오전 내내 ＿＿＿＿＿＿ 어깨가 아파 죽겠어요.

3) 물품을 청구하다 – 공문을 보내다 – 장소를 섭외하다

　　가: 이 대리는 퇴근 안 할 건가 보네. 무슨 바쁜 일 있대?

　　나: 네, 아까 부장님께서 오늘 안으로 거래처에 행사 초청에 대한 ＿＿＿＿＿＿

4 다음 밑줄에 알맞은 말을 고르세요.

1) 가: 아침에는 날씨가 ＿＿＿＿＿＿＿ 갑자기 하늘이 어두워졌네요.

　　나: 그러게요. 요즘 날씨는 너무 변덕스러워서 예측하기 힘들어요.

　　❶ 화창하니까　　❷ 화창하지만　　❸ 화창하면서　　❹ 화창하더니

2) 가: 어, 이 가방 어제 샀다고 하지 않니? 여기 옆에 얼룩이 있는데?

　　나: 어, 정말? 그러네. 싸게 ＿＿＿＿＿＿＿ 산 건데 이게 뭐야?

　　❶ 팔길래　　❷ 파느라고　　❸ 팔다 보니　　❹ 파는 바람에

3) 가: 집안 정돈 좀 하고 살지 그러니? 책상 위 물건들도 좀 반듯하게 정리하고.

　　나: 오전 내내 ＿＿＿＿＿＿＿ 그러네. 그래도 바닥은 좀 깨끗하지 않니?

　　❶ 정돈하면 할수록　　　　　　❷ 정돈하려고 해도

　　❸ 정돈하느라고 했는데　　　　❹ 정돈할 뿐만 아니라

5 다음 [   ]의 단어를 알맞은 형태로 바꾸어 밑줄에 쓰세요.

1) 덥다

가: 매일 비가 오니까 빨래도 잘 안 마르고 집안도 너무 습해요.

나: 그럼, 좀 _____ 난방을 켜서 습기를 제거해 보세요.

2) 청소를 하다

가: 그렇게 _____ 하면 먼지가 그대로 있잖아.

   좀 제대로 해 봐.

나: 잔소리만 하지 말고 너도 좀 도와줘.

3) 문제가 있다

가: 이번에 출시된 상품 디자인에 대해 어떻게 생각하십니까?

나: 예전 제품과 차별화가 안 된다는 점에서 _____

6 그림을 보고 〈보기〉와 같이 [   ]의 표현을 이용해서 문장을 만드세요.

보기

유학 생활을 마치다, 고향에 돌아가다, 취직하다

유학 생활을 마치는 대로 고향에 돌아가서 취직을 할 거예요.

1) 올 겨울, 겨울 날씨, 별로 춥지 않다

_____

2) 우리 언니, 내성적이다, 수줍음을 많이 타다, 성격이다

_____

3) 아이를 돌보는 일, 손이 많이 가다, 신경 쓸 일도 많다

_____

7 대화의 밑줄에 알맞은 표현을 쓰세요.

1) 가: 이번에 부서를 옮기셨다고 들었는데 어느 부서로 가셨어요?

　　나: ＿＿＿＿＿＿＿＿＿＿＿＿. 회사 홈페이지 관리하는 일을 하게 되었습니다.

2) 가: 우리 동아리에 지원한 특별한 이유가 있습니까?

　　나: 다양한 경험을 ＿＿＿＿＿＿＿＿＿＿ 세상에 대한 이해를 넓히고 싶어서
　　　　지원했습니다.

3) 가: 이 옷이요, 손세탁을 했더니 색깔이 변했어요. 교환되나요?

　　나: 아, 이 제품은 드라이를 해야 하는 제품이네요. 죄송하지만 고객님의
　　　　＿＿＿＿＿＿＿＿＿＿ 경우는 교환이 불가능합니다.

8 대화의 밑줄에 알맞은 표현을 쓰세요.

1) 가: 아저씨, 이 바지요, 너무 길어서 그런데 좀 ＿＿＿＿＿＿＿＿＿＿ 주세요.

　　나: 길이가 어디까지 오면 되는데요?

　　가: 여기 발목까지 ＿＿＿＿＿＿＿＿＿＿ 주세요. 내일까지 될까요?

　　나: 네, 걱정 마세요. 내일까지 해 놓을게요.

2) 가: 박 대리, 회사 창립 기념 행사 준비는 잘 진행되고 있습니까?

　　나: 네, 참석 인원을 파악하는 중입니다.

　　가: 참가 인원을 파악하기 전에 예산부터 세우는 게 ＿＿＿＿＿＿＿＿＿＿ 것
　　　　같아요.

　　나: 네, 알겠습니다.

　　가: 그리고 예산이 확정되면 바로 부장님께 ＿＿＿＿＿＿＿＿＿＿. 시간이
　　　　없으니까 결재 받는 대로 빠르게 진행해야 할 것 같아요.

9 다음 문장의 순서대로 맞게 배열해 보세요.

1) 가: 그런데 이틀은커녕 일주일이 지나서야 제품이 도착했다.

   나: 쇼핑몰 안내문에는 이틀 내에 배송된다고 하길래 바로 주문했다.

   다: 얼마 전 운동복이 급하게 필요해 온라인 쇼핑몰에서 운동복을 주문했다.

   라: 결국 도저히 참을 수가 없어서 쇼핑몰에 항의 메일을 보내고 환불도 요구했다.

   마: 화가 났지만 참고 제품을 개봉했더니 내가 주문한 사이즈보다 큰 사이즈의
   운동복이 들어 있었다.

   다 – (　　) – (　　) – (　　) – (　　)

2) 가: 남편이 도와주지 않아요?

   나: 그럼, 미진 씨 말대로 해 볼까요?

   다: 영주 씨, 요즘 아이 돌보느라 힘들지요?

   라: 네, 힘들어요. 게다가 집안일도 엄청나게 많아서 하루가 어떻게 가는지 모르겠어요.

   마: 도와주기는 하는데, 뭐 좀 도와달라고 하면 하는 둥 마는 둥 해서 차라리 제가
   하는 게 나아요.

   바: 그러지 말고 남편이 맡은 일은 남편이 책임지게 하세요. 자꾸 하다 보면 잘하게
   될 거예요.

   다 – (　　) – (　　) – (　　) – (　　)

10 다음을 읽고 알맞은 말을 쓰세요.

1) 아래의 ㄱ)이 의미하는 것이 무엇인지 아래에 쓰세요.

> 두 달 전쯤, 홈쇼핑에서 화장품을 싼값으로 팔길래 세트로 구입했습니다. 쓰던 제품이
> 좀 남아 있어서 구매한 화장품은 최근에야 개봉을 해서 사용해 봤습니다. 그런데 제품을
> 발랐더니 피부에 문제가 생겼습니다. 그래서 업체에 환불이 되냐고 했더니 구매한 지 한
> 달이 넘은 제품은 환불이 불가능하다고 하더군요. ㄱ)이런 경우 혹시 환불 받을 수 있는
> 방법이 없을까요?

2) 아래의 밑줄에 알맞은 말을 쓰세요.

> 그리스는 전형적인 _____ 지역이다. 겨울은 온난 다습하고 여름은 고온 건조해서 겨울에는 비나 눈이 많이 내리고 여름에는 조금만 걸어도 얼굴이 따가울 정도로 햇볕이 강하다. 따라서 그리스에 여행 가고 싶다면 겨울에는 우산이나 비옷을, 여름에는 모자나 자외선 차단제를 꼭 챙겨야 한다.

---

11 다음을 읽고 질문에 답하세요.

> 고객 관리팀에서 근무하는 김영민 씨가 올해의 친절 사원으로 뽑혔다. 김영민 씨는 고객들의 ㄱ)_____ 때 고객들이 아무리 심한 말을 해도 항상 웃으며 친절하게 상담해 줘 수상의 영예를 안게 되었다. 김영민 씨에게는 상장과 함께 2인 무료 해외여행 상품권, 일주일의 휴가가 상품으로 주어졌다. 한편 김영민 씨는 동료 사원들 사이에서도 항상 좋은 평가를 받아 왔다. 그는 동료들과 협력도 잘할 뿐만 아니라 매사에 성실하여 작년에는 '우수 사원'으로 뽑히기도 했다.

1) 이 글의 제목으로 알맞은 것은 무엇입니까?

❶ 올해의 친절 사원, 김영민 씨   ❷ 김영민 씨, 작년에 이어 올해도

❸ 동료가 뽑은 최고 사원, 김영민 씨   ❹ 김영민 씨, 또 해외여행 상품권에 당첨

2) ㄱ)에 알맞은 말을 쓰세요.

---

12 다음을 읽고 질문에 답하세요.

> 부부가 행복한 가정생활을 이루기 위해서는 무엇보다 가사를 분담해야 한다고 영국의 한 일간지가 27일 보도했다. 남편들이 가사에 대해 '아내가 전담하고 남편은 도와주는 하찮은 일'로 생각했다가는 이혼 소송을 당하기 쉽다는 것이다. 이 일간지는 런던대 연구팀의 연구 결과를 인용해 ㄱ)_____ 경우 이혼 가능성이 낮아지고 가정이 안정된다고 하였다.
>
> 연구에 따르면 남성의 가사 노동 시간은 1961년에 비해 거의 두 배가 늘었지만, 여전히 여성이 남성보다 집안일에 더 많은 시간을 소비하고 있는 것으로 나타났다. 따라서 지금과 같은 남녀평등 시대에 집안일의 불평등한 분담은 감정적인 문제를 일으킬 수 있다고 지적했다. 남편이 장보기와 육아, 설거지 등에 더 많은 시간을 할애할수록 아내의 행복감이 커지지만, 그렇지 않을 경우 아내는 무기력함을 느끼게 된다는 것이다. 또한 집안일을 전혀 돕지 않는 남편을 향한 아내의 잔소리가 늘면 늘수록 아내는 자신의 말과 행동이 거칠어지는 느낌이 든다는 것이다.
>
> 가정생활 관련 작가인 로라 스미스는 부부가 마주 앉아 누가 무엇을 할 것인지를 정하는 대화를 나눠야 한다며 가사 분담에 대한 필요성을 주장했다.

1) 이 글을 쓴 목적으로 맞는 것을 고르세요.

   ❶ 부부 싸움을 피하는 방법을 설명하기 위해

   ❷ 부부 간의 변화된 가사 분담 실태를 설명하기 위해

   ❸ 부부가 서로 사랑하는 마음이 필요하다고 주장하기 위해

   ❹ 행복한 부부 생활을 위해 가사분담이 필요하다고 주장하기 위해

2) ㄱ)에 알맞은 말을 쓰세요.

   _____

3) 위 글의 내용과 같은 것을 고르세요.

   ❶ 아내의 행복감은 남편의 가사 분담 정도에 비례한다.

   ❷ 아내의 가사 노동 시간이 남편에 비해 두 배 정도 많다.

   ❸ 최근 가사 분담 문제 때문에 부부가 이혼하는 사례가 급증하고 있다.

   ❹ 최근에는 남편이 장보기와 육아 등에 더 많은 시간을 할애하고 있다.

제6과 언어와 문화

학습 목표
한국 문화에 대한 이해를 바탕으로 의사소통적 맥락에서 비유적 표현,
관용 표현, 속담 등을 사용할 수 있다.

주제	언어와 문화
기능	비유적으로 표현하기
	관용 표현 사용하기
	속담 사용하기
연습	말하기 : 속담이나 관용 표현에 대해 묻고 답하기
	읽기 : 속담의 의미와 기능에 대한 글 읽기
	쓰기 : 속담의 의미를 설명하는 글 쓰기
어휘	신체와 관련된 관용 표현, 속담 1, 2
문법	-듯이, -듯하다, 이중 부정

제6과 **언어와 문화**

어휘와 표현

1 그림을 보고 알맞은 말을 연결하세요.

❶
                                • ⓐ 눈이 높다

❷
                                • ⓑ 손이 빠르다

❸
                                • ⓒ 귀가 얇다

❹
                                • ⓓ 입이 짧다

❺
                                • ⓔ 얼굴이 두껍다

❻
                                • ⓕ 발이 넓다

2 〈보기〉에서 알맞은 말을 찾아 쓰세요.

> 보기
>
> 갈수록 태산   꿩 대신 닭   싼 게 비지떡
>
> 우물 안 개구리   티끌 모아 태산   하늘의 별 따기

❶ 가 : 요즘 학교 주변에 방이 없는데 학교 기숙사까지 공사를 시작한대요.

    나 : 그래요? 안 그래도 학생들이 방 구하기 어려웠는데 _____

❷ 가 : 어제 산 이어폰이 벌써 고장이 났어. 소리가 잘 안 들려.

    나 : 어쩐지 반값에 샀다고 너무 좋아하더라. 그래서 _____

         하는 거야.

❸ 가 : 민석 씨, 지난번에 취직 시험 본 거 결과 나왔어요?

    나 : 네, 이번에도 안됐어요. 역시 요즘 취직하기가 _____ 봐요.

❹ 가 : 영수 씨, 대학생이 되니까 어때요?

    나 : 고등학교 때는 _____. 대학에 오니까 정말 세상이 넓다는

         걸 알겠더라고요.

❺ 가 : 민수 씨가 그렇게 월급을 열심히 모으더니 드디어 새 차를 샀대요.

    나 : 어머, 그래요? _____ 정말 그러네요.

❻ 가 : 이번 달에 일주일 휴가 받아서 여행 다녀온다면서요?

    나 : 네. 그런데 회사에 일이 갑자기 많아져서 취소됐어요.

         대신 _____ 주말에 짧게 여행을 가기로 했어요.

3 그림을 보고 〈보기〉에서 알맞은 말을 찾아 쓰세요.

> 보기
>
> 세 살 버릇 여든까지 간다   발 없는 말이 천 리를 간다
> 백지장도 맞들면 낫다   소 잃고 외양간 고친다
> 호랑이도 제 말 하면 온다   종로에서 뺨 맞고 한강에서 화풀이 한다

❶ 가 : _____ 생각보다 빨리 끝났네요.

나 : 그러네요. 제가 도움이 됐는지 모르겠어요.

❷ 가 : 나 결혼하는 거 벌써 회사 사람들이 다 알더라.

나 : _____ 그런 소문은 원래 금방

퍼져.

❸ 가 : 어, 저기 정수 온다. 이제 그만 얘기해.

나 : _____ 그 말이 정말이네.

❹ 가 : _____ 너 왜 엄마한테 짜증을

내니?

나 : 선생님한테 짜증 낼 수는 없잖아요.

❺ 가 : _____ 이제야 가방 꿰매니?

나 : 늦었지만 지금이라도 하는 게 나을 것 같아서.

❻ 가 : 민수는 왜 그렇게 손톱을 뜯는지 모르겠어.

나 : 그러게, _____ 걱정이네.

문법

✏️ **-듯이**

1 〈보기〉와 같이 이야기한 후에 쓰세요.

> 보기
>
> 가 : 드디어 어려운 시험이 다 끝났는데 기분이 어때요?
>
> 나 : 시험이 끝났다는 생각에 마음이 <u>날아갈 듯이</u> 가벼워요.

❶ 가 : 땀을 _____ 흘리는 걸 보니 운동을 많이 했나 봐?

  나 : 응, 오늘 좀 무리해서 달리기를 했더니 땀이 많이 나네.

❷ 가 : 마이클 씨는 돈이 아까운 줄 모르는 것 같아요.

  나 : 그러게 말이에요. 정말 돈을 _____ 펑펑 쓰더라고요.

❸ 가 : 왜 영수가 하는 말을 안 믿어?

  나 : 친구들한테 거짓말을 _____ 하니까 그렇지.

❹ 가 : 학교가 _____ 조용하네요.

  나 : 방학이 시작돼서 학생들이 모두 집으로 돌아가서 그래요.

❺ 가 : 선미 씨가 드디어 자기가 원하던 방송국에 취직했대요.

  나 : 네, 저도 들었어요. _____ 기뻐하는 선미 씨를 보니까

    눈물이 다 나더라고요.

❻ 가 : 민희와 은영이는 학교에서 유명한 단짝이라면서요?

  나 : 네, 두 사람은 늘 _____ 붙어 다녀요.

🖋 -듯하다

1 〈보기〉와 같이 이야기한 후에 쓰세요.

> **보기**
> 가: 혹시 이 노래 들어 봤어요?
> 나: 잘 기억은 안 나지만 예전에 한 번 <u>들어본 듯해요</u>.

❶ 가: 왜 한국 사람들은 말할 때 속담을 많이 써요?

　나: 속담을 써서 말하면 좀 편하고 간결하니까 많이 _____

❷ 가: 한국 속담에는 동물 이름이 많이 나오는 것 같아요.

　나: 옛날에는 집에서 동물을 많이 키워서 동물 이름이 많이

　　_____

❸ 가: 내일이 아빠 엄마 결혼기념일인데 아빠는 또 모르시는 것 같아.

　나: 맞아. 내일도 저녁 약속이 있으시다는 걸 보니

　　_____

❹ 가: 밍밍 씨, 혹시 저 안경 쓴 남자 본 적 있어요?

　나: 글쎄요. 기억이 가물가물하지만 영수 씨 생일 파티할 때

　　_____

❺ 가: 아사코 씨는 정말 학교를 그만두고 일본으로 돌아가기로 마음
　　정했대요?

　나: 네. 며칠 전에 비행기표를 예약한 걸 보면 가기로 마음을

　　_____

❻ 가: 바람도 좀 불고 하늘이 잔뜩 흐린 걸 보니 곧 비가 _____

　나: 맞아. 아까 일기 예보에서도 늦은 오후부터 비가 올 거라고 했어.

이중 부정

1 〈보기〉와 같이 이야기한 후에 쓰세요.

> 보기
>
> 가 : 가는 말이 고와야 오는 말이 곱다고 제발 말할 때는 좀
> 조심하세요.
> 나 : 알겠습니다. 모든 사람들이 다 저한테 그렇게 말하니까
> __조심하지 않을 수가 없네요.__

❶ 가 : 소 잃고 외양간 고친다고 이제야 반성하는 건 소용없겠죠?

　나 : 그럼요. 처음부터 나쁜 일이 생기지 않도록 준비를 꼼꼼히

　　 _____

❷ 가 : 요즘 회사의 자금 사정이 안 좋으니까 이젠 종이도 아끼라고 하네요.

　나 : 티끌 모아 태산이라고 이런 때일수록 한 장이라도 아껴

　　 _____

❸ 가 : 왜 박 과장님 일을 대신 하고 있어요? 영훈 씨 일은 없어요?

　나 : 제 일이 _____ 박 과장님이 아프셔서 제가 대신

　　 하는 거예요.

❹ 가 : 다음 달부터 회사 인원을 줄인다는 소문이 사실은 아니죠?

　나 : _____ 아직 최종 결정은 나지 않았대요.

❺ 가 : 마이클, 외국인 등록증 신청하는 거 꼭 본인이 직접 가야 돼?

　나 : 응. 다른 사람이 대신할 수는 없으니까 네가 직접 _____

❻ 가 : 지난번에 이야기한 보고서는 주말까지 꼭 끝내셔야 합니다.

　나 : 네. 저도 다음 주부터는 새로운 프로젝트에 들어가야 해서

　　 _____

말하기 연습

1 그림을 보고 이야기한 후에 쓰세요.

1) 가 : 어제 중간고사 봤지요? 잘 봤어요?

나 : 아니요. 읽기 문제도 어려웠는데 듣기는

더 어렵더라고요. 아주 _____

이었어요.

가 : 원래 시험 보고 나면 다 그렇게 생각해요.

나 : 그런데요, 제가 시험지에 '낫 놓고 니은 자도 모른다'라는 속담을

썼는데요. 선생님께서 그걸 보고 웃으시는 걸 보니까 답을 틀리게

_____

가 : 하하, 낫이 니은 자로 시작하니까 그렇게 생각했군요. 니은 자가

아니라 기역 자라고 써야 해요.

2) 가 : 민희 씨, 요즘 남자 친구가 생겼다면서요?

나 : 네, 같은 과 친구였는데 오래 만나다 보니

남자 친구가 되었어요.

가 : 민희 씨 남자 친구는 어떤 사람이에요?

나 : 한 마디로 _____ 사람이에요.

가 : 네? 그게 무슨 뜻인데요? 신발을 큰 걸

신는다는 건가요?

나 : 아니요. 그 말은 인간관계가 넓다는 말이에요.

가 : 아, 그런 뜻이군요. 그럼 아무래도 민희 씨한테는 별로 좋지 않을 것

같아요. 남자 친구가 매일 다른 사람들만 만나러 다니는 거 아니에요?

나 : 맞아요. 그래서 싸우지 않으려고 해도 _____

1 다음은 한국 속담에 대한 글입니다. 잘 읽고 질문에 답하세요.

> 속담은 짧으면서도 경쾌한 문장으로, 교훈적인 내용을 전달하는 기능을 가지고 있다. 특히 언어가 문화를 반영한다는 말도 있듯이 속담은 그 나라 사람들의 생각을 그대로 보여주고 있다고 해도 과언이 아니다.
>
> 예를 들어, '가는 말이 고와야 오는 말이 곱다', '발 없는 말이 천 리를 간다', '말 한 마디로 천 냥 빚을 갚는다' 라는 속담은 우리 조상들이 예로부터 '말'의 중요성을 깨닫고 실천하는 '이성적 인간'을 강조했음을 보여준다.
>
> 반면에 '감성적 인간'의 측면을 나타내 주는 속담들도 전해 오는데, 예를 들어 '피는 물보다 진하다', '팔이 안으로 굽는다', '팔백 금으로 집을 사고 천 금으로 ㉠＿＿＿＿＿＿ 산다' 라는 속담이 있다. 이 속담들은 사람들 사이의 인연이나 정과 같은 '감정적 유대'를 중시하는 우리 조상들의 의식을 그대로 드러내고 있다. 따라서 속담을 배우는 것은 그 나라 사람들의 의식과 문화를 쉽게 이해할 수 있는 방법이 될 수 있다.

1) 위 글의 제목으로 적당한 것을 고르세요.

　❶ 속담의 형태와 기능　　　❷ 속담을 이해하는 방법

　❸ 속담에 담긴 의식과 문화　❹ 속담에 나타나는 이성의 중요성

2) 위 글의 밑줄 친 ㉠에 들어갈 단어로 적당한 것을 고르세요.

　❶ 땅을　　　　　　　　❷ 말을

　❸ 이웃을　　　　　　　❹ 나라를

3) 다음의 내용을 표현한 속담을 위에서 찾아 보세요.

　(1) 말만 잘 해도 아주 이로운 일이 생겨날 수 있다.

　(2) 나와 학교 혹은 고향이 같은 사람들에게 더 관대하다.

1 다음은 한국 속담을 그림으로 표현한 것입니다. 그림을 잘 보고 이 속담의
   의미와 사용 맥락을 설명하는 글을 써 보세요.

<소 잃고 외양간 고친다.>

1) 이 속담이 의미하는 것이 무엇인지 메모해 보세요.

2) '소를 잃는다'와 '외양간을 고친다'가 비유적으로 나타내는 것이
   무엇인지 메모해 보세요.

3) 이 속담이 가지고 있는 교훈이 무엇인지 메모해 보세요.

4) 여러분은 어떤 상황에서 이러한 속담을 사용할지 메모해 보세요.

5) 위에서 메모한 내용을 바탕으로 이 속담의 의미와 사용 맥락을 설명하는
   글을 써 보세요.

_____

_____

_____

_____

_____

제7과 스트레스

학습 목표
스트레스의 원인과 증상, 해소 방법에 대하여 설명할 수 있다.

주제	스트레스
기능	스트레스의 원인 이야기하기
	스트레스의 증상 설명하기
	스트레스의 해소 방법에 대해 이야기하기
연습	말하기 : 스트레스에 대해서 묻고 답하기
	읽기 : 스트레스 문제에 대한 글 읽기
	쓰기 : 스트레스 해소 방법을 추천하는 글 쓰기
어휘	스트레스 표현, 스트레스 증상, 스트레스 해소 방법
문법	−에다가 −까지, −아/어/여 가다, −(으)ㄴ 척하다

제7과 **스트레스**

1 그림을 보고 알맞은 말을 연결하세요.

❶ ·------------------------· ⓐ 식욕이 떨어지다

❷ · · ⓑ 편두통이 심하다

❸ · · ⓒ 소화가 잘 안되다

❹  · · ⓓ 어깨와 목이 결리다

❺  · · ⓔ 불면증이 생기다

❻  · · ⓕ 얼굴에 뭐가 나다

2 〈보기〉에서 알맞은 말을 찾아 쓰세요.

> _{보기}
>
> 스트레스가 되다　　　스트레스를 풀다　　　스트레스를 받다
> 스트레스가 하나 생기다　　　　스트레스가 점점 더 쌓이다

　　나에게는 요즘 전에 없었던 ❶ _____. 원인은 바로 졸업과 취직 문제이다. 처음에는 그냥 취직 시험 준비 때문에 ❷ _____ 시작했다. 하지만 취직 시험을 준비하다 보니 체중이 너무 많이 늘었는데 그것이 나에게 더 큰 ❸ _____. 매일 도서관에만 앉아 있는 데다가 ❹ _____ 위해서 계속 단 것을 먹었더니 몸무게가 벌써 4kg이나 늘었다. 취직 시험 고민에다가 체중까지 늘게 되어서 요즘에는 ❺ _____ 있다. 빨리 좋은 회사에 취직이 되어서 멋있는 사회 생활도 시작하고 살도 뺄 수 있었으면 좋겠다.

3 〈보기〉에서 알맞은 말을 찾아 쓰세요.

> _{보기}
>
> 땀을 흘리다   숙면을 취하다   취미 생활을 즐기다
>
> 기분전환을 하다   상담을 받다   먹는 것에 의존하다

❶ 가 : 요즘 스트레스가 이만저만이 아니에요. 소화도 안되고 불면증까지

        왔다니까요.

  나 : 그냥 넘기지 말고 전문가를 찾아가서 _____ 보세요.

❷ 가 : 내일부터 휴가시지요? 그동안 쌓인 스트레스 좀 다 풀어 버리고

        오세요.

  나 : 그러지 않아도 _____ 싶어서 여행을 갈까 생각

        중이에요.

❸ 가 : 아무리 스트레스가 많더라도 그렇게 폭식을 하면 어떡해?

        다른 식으로 좀 스트레스를 풀어 봐.

  나 : _____ 것 말고는 효과가 없는 것 같아.

❹ 가 : 아니, 왜 그렇게 옷이 흠뻑 젖었어요? 운동한 거예요?

  나 : 네. _____ 싶어서 한 시간쯤 뛰었어요. 요즘

        스트레스가 좀 많거든요.

❺ 가 : 요즘 스트레스 때문에 대인 관계도 피하게 되고 좀 무기력해.

  나 : _____ 보는 건 어때? 자기가 좋아하는 일을 하면

        기분도 좋아지잖아.

❻ 가 : 스트레스 때문에 잠을 잘 못 잤더니 하루 종일 머리가 아프네.

  나 : 자기 전에 따뜻한 우유를 한 잔 마셔 봐. _____

        수 있을 거야.

✏️ -에다가 -까지

1 〈보기〉와 같이 이야기한 후에 쓰세요.

> 보기
>
> 가 : 기말 보고서하고 취직 시험이 겹쳤다고요?
>
> 나 : 네, **기말 보고서에다가 취직 시험까지** 준비하느라고 정말 죽겠어요.

❶ 가 : 스트레스 때문에 _____ 생겼어요.

　나 : 소화 불량이랑 불면증이요? 힘들어서 어떡해요.

❷ 가 : 내일은 사내 신제품 설명회이고 모레는 길거리 홍보회인데 준비가 너무 덜 되었어요.

　나 : _____ 준비하려면 스트레스가 엄청나겠다.

❸ 가 : 등록금이 너무 많이 오른 것 같아요. 지난달에는 하숙비가 오르더니.

　나 : 맞아요. _____ 올라서 정말 스트레스예요.

❹ 가 : 신경을 하도 써서 편두통이 생겼다더니 몸살까지 난 거야?

　나 : 응. _____ 난 걸 보니 나도 모르게 스트레스를 많이 받고 있었나 봐.

❺ 가 : 습도가 너무 높지 않아요? 기온도 높은데 너무 끈적끈적하네요.

　나 : 맞아요. _____ 높아서 좀 불쾌하네요.

❻ 가 : 한국어 공부도 하고 전공 공부도 하려면 좀 힘들겠어요.

　나 : 아니요. _____ 할 수 있으니까 좋은 기회라고 생각하고 있어요.

-아/어/여 가다

1 〈보기〉와 같이 이야기한 후에 쓰세요.

> 가: 마감일이 다 **되어 가는데** 아직도 일이 많이 남았어요.
> 나: 마감일이 다 되기 전에 끝내야 할 텐데 큰일이네요.

❶ 가: 모아 놓은 돈은 _____ 돈 쓸 일이 계속 생기네요.

　나: 그러니까 돈 떨어지기 전에 얼른 새 아르바이트를 구하라고 했잖아요.

❷ 가: 오늘은 표정이 밝네요. 프로젝트 준비하던 거 다 끝난 거예요?

　나: 아니요. 근데 거의 다 _____. 제 얼굴에 그게 써

　　있어요?

❸ 가: 주름살이 자꾸 _____ 거울 볼 때 그것만 보여요.

　　이것도 스트레스라니까요.

　나: 나이 들면 주름살이야 늘기 마련이잖아요. 그런 일에 너무 집착하지

　　마세요.

❹ 가: 서류 정리는 다 했습니까? 아직 많이 남은 것은 아니겠지요?

　나: 네, 거의 다 _____. 조금만 기다려 주십시오.

❺ 가: 벌써 55분인데 어디에 있는 거야? 다 왔어? 시험 시작하겠어.

　나: 다 _____. 지금 엘리베이터 앞이야. 전화 끊어.

❻ 가: '국제 학생의 날' 행사 준비는 _____? 공을 많이

　　들였잖아요.

　나: 아주 잘되는 것도 아니고 안되는 것도 아니에요. 진행이 더디네요.

-(으)ㄴ 척하다

1 〈보기〉와 같이 이야기한 후에 쓰세요.

> **보기**
>
> 가 : 남자 친구가 자꾸 다른 여자를 만나는데 내가 눈치 못 챈 줄
>   아나 봐.
> 나 : 네가 자꾸 __눈치 못 챈 척하고__ 넘어가 주니까 그렇지. 화를 내!

❶ 가 : 제일 친한 친구하고 심하게 싸웠는데 그냥 신경 안 쓰고 있어요.

  나 : _____ 거예요, 아니면 정말 안 쓰는 거예요?

❷ 가 : 방 친구가 내 책상을 뒤지는데 그냥 아무렇지도 않게 행동해야
       할까?

  나 : 아니야. _____ 넘어가면 계속 그런 일이 반복될 거야.

❸ 가 : 새로 맡은 일 때문에 스트레스가 많다고 들었는데 괜찮은 거예요?

  나 : 괜찮지 않지만 그냥 _____ 있어요. 다른 방법이
       없으니까요.

❹ 가 : 오늘 경제학 수업 너무 어렵지 않았어? 나는 거의 못 알아들었어요.

  나 : 나도 그냥 끄덕끄덕하면서 _____. 요즘 그 과목
       때문에 스트레스야.

❺ 가 : 영진 씨는 제가 자기를 좋아한다는 걸 모르나 봐요. 너무 속상해요.

  나 : 다 알면서도 _____ 있는 건 아닐까?

❻ 가 : 마사코 씨는 얼굴이 정말 한국 사람처럼 생겼어요. 마사코 씨
       생각도 그렇지요?

  나 : 네. 한번은 제가 장난으로 _____ 있었더니 사람들이
       다 그런 줄 알더라고요.

1 다음을 이야기한 후에 쓰세요.

1) 가 : 오늘도 점심 굶을 거예요? 그러다가 큰일 나요.

나 : 그건 알지만 요즘 스트레스 때문에 _____

가 : 아무리 그래도 밥은 꼭 챙겨 먹어야 돼요.

나 : 밥을 먹으면 _____. 그래서 더 안 먹게 돼요.

가 : 식욕도 없고 소화 불량까지 생긴 걸 보니 스트레스가 이만저만이

아닌가 보네요.

2) 가 : 얼굴이 왜 그래요? 무슨 힘든 일 있어요?

나 : 네, 요즘 스트레스가 좀 많아서요.

가 : 무슨 일로 그렇게 스트레스를 _____

나 : 새로 맡은 회사 일이 적성에도 안 맞고 좀 벅차거든요.

가 : 스트레스를 받으면 그때그때 _____ 것이 좋은데.

그냥 넘기면 안 돼요. 그러지 말고 같이 볼링이나 한 판 치러 갑시다.

나 : 제 생각도 그래요. 그럼 지는 사람이 한턱내기예요.

3) 가 : 취직 시험 준비는 잘돼 가요? 시간이 얼마 안 남아서 힘들지 않아요?

나 : 네. 정말 힘들어요. 게다가 다음 주에는 졸업 발표회도 있거든요.

가 : 정말이요? _____ 있으면 정말 스트레스가 많겠어요.

그런데도 수미 씨는 늘 웃는 걸 보면 참 낙천적인 것 같아요.

나 : 낙천적이기는요. 그냥 그런 _____ 거예요.

가 : 그래도 스트레스를 그냥 무시하면 안 돼요. 계속 몸을

_____ 건강에 이상이 생기기 마련이고요. 그러니까

운동이라도 좀 하세요.

100

읽기 연습

1 다음은 인터넷 게시판에 올라온 글입니다. 잘 읽고 질문에 답하세요.

전체보기 (25)   목록열기▼

누가 좀 도와주세요.
　　　　　　　　　　　　　　　　　　　　　●게시일 2. 21　●게시자 jun0410@komail.net

　　요즘 스트레스가 보통이 아니네요. 뭐 때문에 스트레스를 받냐고요? 바로 제가 아르바이트를 하고 있는 편의점 사장님 때문입니다. 하루 종일 저를 따라다니면서 잔소리를 하시거든요. '바닥 닦아라', '물건 정리해라', '손님들한테 웃으면서 이야기해라' 등등. 저를 가만히 놔두지를 않으세요. 사장님한테 화라도 내고 싶지만 혹시 아르바이트를 그만두라고 하실까 걱정이 되어서 그냥 참고 있어요. 다른 편의점에서 일해 본 경험이 있기 때문에 사장님이 잔소리를 하지 않아도 다 알아서 할 수 있는데 사장님은 저를 믿지 못하시는 것 같아요. 여기에서 일한 지 일주일 정도 되었는데 그냥 그만둘까 생각하고 있습니다. 스트레스 때문에 작은 일에도 쉽게 화가 나고 신경이 많이 예민해져 있는 상태입니다. 여러분, 어떻게 하는게 좋을까요?

　　└ RE　알바맨 : 그만두지 마세요. 잘못한 거 없잖아요. 사장님한테 고민을 이야기
　　　　　　　　　해 보세요.

　　└ RE　중년남 : 원래 사회생활이 그런 것입니다. 사장님이 다 잘되라고 하시는
　　　　　　　　　말씀입니다. 그냥 참고 열심히 하세요.

　　└ RE　도움녀 : 세상에 편의점이 얼마나 많은데요. 고민할 거 뭐 있나요? 그냥
　　　　　　　　　다른 편의점 찾으세요.

덧글 쓰기　　엮인글 쓰기 | 공감　　　　　　　　　　　　　　　　　　　수정 | 삭제

---

1) 위의 사람이 스트레스를 받고 있는 이유는 무엇입니까?

2) 읽은 내용과 같으면 ○, 다르면 ✕에 표시하세요.

　(1) 사장님은 이 사람이 일하는 방식을 믿어 준다.　　　　　○　　✕

　(2) 이 사람은 편의점 아르바이트 경험이 거의 없다.　　　　○　　✕

　(3) 이 사람은 사장님 때문에 정신적인 스트레스를
　　　받고 있다.　　　　　　　　　　　　　　　　　　　　○　　✕

3) 이 사람에게 다른 사람들이 충고한 내용은 무엇입니까?

1 읽기 연습에서 읽은 글에 대한 상담의 글을 써 보세요.

1) 앞의 글을 쓴 사람은 무엇 때문에 스트레스를 받고 있는지 메모해 보세요.

2) 이 사람이 생각하는 해결책은 무엇인지 메모해 보세요.

3) 답글을 쓴 '알바맨'이 생각하는 해결책은 무엇인지 메모해 보세요.

4) 글을 쓴 사람과 '알바맨'이 생각한 해결책에는 어떤 차이점이 있습니까?

5) 위에서 메모한 내용을 바탕으로 '알바맨'이 되어 글쓴이의 상황을
   정리하고 자신의 의견을 더하여 글쓴이에게 충고하는 글을 써 보세요.

_____

_____

_____

_____

_____

_____

제8과 추억

학습 목표
어린 시절, 학창 시절의 추억에 대해 이야기할 수 있다.

주제	추억
기능	어린 시절에 대해 이야기하기
	학창 시절에 대해 이야기하기
	추억의 놀이, 노래 등에 대해 이야기하기
연습	말하기 : 추억에 대해 묻고 답하기
	읽기 : 친구를 찾는 글 읽기
	쓰기 : 친구를 찾는 글 쓰기
어휘	추억, 별명, 어린 시절, 학창 시절의 추억
문법	무렵, -고는 하다, -ㄴ지, -은/는커녕, -기는커녕

제8과 **추억**

1 그림을 보고 알맞은 말을 연결하세요.

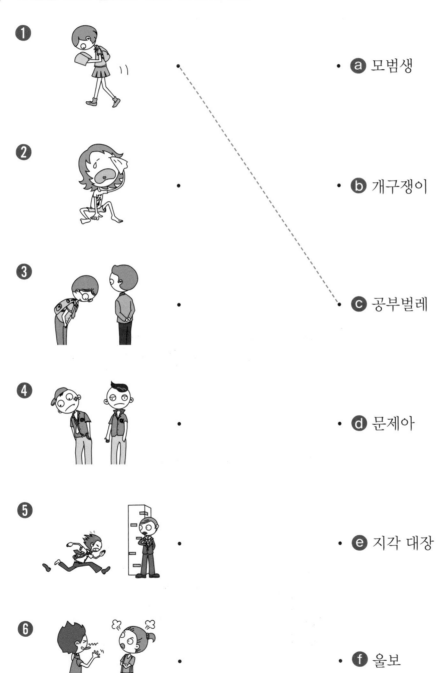

- ❶ · ⓐ 모범생
- ❷ · ⓑ 개구쟁이
- ❸ · ⓒ 공부벌레
- ❹ · ⓓ 문제아
- ❺ · ⓔ 지각 대장
- ❻ · ⓕ 울보

2 〈보기〉에서 알맞은 말을 찾아 쓰세요.

> 보기
>
> 엊그제 같다   눈에 선하다
> 추억에 잠기다   기억에 남다   추억이 떠오르다

❶ 가 : 한국어 선생님 중에 가장 _____ 선생님이 누구예요?

　나 : 1급 때 선생님이에요. 처음 한국에 와서 힘들 때 선생님께서 많이
　　　도와주셨어요.

❷ 가 : 이거 우리 초등학교 때 사진이잖아? 이거 보니 옛날 생각난다.

　나 : 이때 영수 너, 정말 말썽 많이 부렸는데. 선생님께 혼나던 모습이
　　　지금도 영화의 한 장면처럼 _____

❸ 가 : 너희들이랑 이 놀이터에서 놀던 일들이 바로 _____
　　　벌써 20년이나 흘렀어.

　나 : 그래. 세월 참 빠르다.

❹ 가 : 교실에서 혼자서 뭐 하고 있었어?

　나 : 잠깐 옛날 _____ 있었어. 친구들하고 공부하고 놀던
　　　때가 생각나서.

❺ 가 : 영화 보면서 왜 그렇게 울었어?

　나 : 영화를 보는데 헤어진 남자 친구와의 _____ 계속 눈물이
　　　나오더라.

3 〈보기〉에서 알맞은 말을 찾아 쓰세요.

> 보기
>
> 혼이 나다　　　　　　상을 받다　　　　　　벌을 서다
> 따돌림을 당하다　　　잘못을 저지르다　　　사랑을 독차지하다

❶ 가 : 어렸을 때 막내 동생을 미워한 적이 있었어요. 막내가 항상 부모님의

　　　_____

　　나 : 우리집도 그랬어요. 부모님이 저보다 막내를 더 예뻐했어요.

❷ 가 : 유이 씨는 학창 시절 기억 중에서 가장 안 좋은 것이 뭐예요?

　　나 : 친구들에게 _____ 기억이에요. 그때 친구들이 왜

　　　날 싫어했는지 지금도 모르겠어요.

❸ 가 : 지금 마이클 씨 모습을 보면 학창 시절에 모범생이었을 것 같아요.

　　나 : 중학교 때까지는 전혀 아니었어요. 매일 지각하고 친구들을 괴롭혀서

　　　선생님께 자주 _____

❹ 가 : 어제 동창회에서 형진이를 만났는데 너무 멋있어졌더라.

　　나 : 형진이? 아, 여자애들 괴롭혀서 수업 시간에도 자주 교실 밖에서

　　　_____ 남자 아이지?

❺ 가 : 너, 요즘도 부모님한테 책 산다고 돈 받아서 PC방에 가니?

　　나 : 야, 내가 초등학생이니? 지금은 그런 _____ 않아.

❻ 가 : 동동 씨는 고등학교 때 공부 잘했을 거 같아요.

　　나 : 네. 제 칭찬 같지만, 공부를 잘해서 항상 _____

무렵

1 〈보기〉와 같이 이야기한 후에 쓰세요.

> **보기**
>
> 가 : 저는 초등학교 입학할 때부터 혼자서 잤는데 영진 씨는
>   언제부터 혼자 잤어요?
> 나 : 저도 수미 씨처럼 초등학교 **입학할 무렵부터** 혼자 잔 것 같아요.

❶ 가 : 여자 친구를 처음 사귄 때가 언제예요?

　나 : ＿＿＿＿＿＿＿＿＿＿ 처음 사귀었어요. 그래서 중3 때 공부를
　　　별로 못 했어요.

❷ 가 : 지금도 영숙이랑 연락하고 지내지?

　나 : 아니, 나도 대학교 졸업한 이후로 만나지 못했어. 내가 대학교
　　　마치고 대학원에 ＿＿＿＿＿＿＿＿＿ 영숙이는 유학 갔어.

❸ 가 : 요즘 애들은 사춘기가 진짜 일찍 오는 것 같아. 나는 고등학교
　　　　＿＿＿＿＿＿＿＿＿＿ 왔었는데.

　나 : 정말? 그럼 중학교 때까지도 사춘기가 안 왔단 말이야?

❹ 가 : 저는 고등학교를 졸업한 이후로는 부모님께 거짓말을 하지 않았
　　　어요. 마지막으로 거짓말한 게 고등학교를 ＿＿＿＿＿＿＿＿＿

　나 : 그래? 나는 지금도 가끔 부모님께 거짓말하는데.

❺ 가 : 김명준 씨가 선희 씨 만나러 온다고 전화했었는데, 왔어요?

　나 : 네, 작업이 거의 ＿＿＿＿＿＿＿＿ 왔다 갔어요.

❻ 가 : 저기 하늘 좀 보세요. 저녁 노을이 정말 아름다운 거 같아요.

　나 : 와, 예쁘네요. 해가 ＿＿＿＿＿＿＿＿＿ 하늘은 정말 아름다운
　　　것 같아요.

✎ –고는 하다

2 <보기>와 같이 이야기한 후에 쓰세요.

> **보기**
> 가: 쟤네들 소꿉놀이 하네. 나도 저만 할 때 자주 **하곤 했는데**.
> 나: 나도 그랬어요.

❶ 가: 요즘 아이들은 라디오를 별로 듣지 않는 것 같아. 우린 공부할 때
　　 라디오 많이 들었는데.
　나: 맞아. 밤이면 라디오를 들으며 _____

❷ 가: 요즘도 서점에 가서 책 보는 게 취미니? 예전에는 시간만 나면
　　 서점에 가서 _____
　나: 아니. 요즘에는 회사 일이 바빠서 한 달에 한 번도 가기 힘들어.

❸ 가: 어머, 그거 우리 어렸을 때 먹던 과자 아니야?
　나: 응. 가게에서 팔길래 샀어. 어릴 때는 용돈이 생길 때마다 이 과자를
　　 사 _____

❹ 가: 어머, 저기 아이들 공기놀이 한다. 옛날에 우리도 공기놀이를
　　 _____ 기억 나니?
　나: 그래. 수업 끝난 후 항상 선우랑 셋이서 했잖아.

❺ 가: 요즘도 시골 외갓집에 자주 가요?
　나: 아니요, 요즘은 바빠서 자주 못 가요. 예전에는 방학 때마다
　　 _____

❻ 가: 선미 씨는 그림에 대해 잘 아는 것 같아요.
　나: 잘 알기는요. 하지만 미술 관람을 좋아해서 그림을 자주
　　 _____

✏️ -ㄴ지

3 〈보기〉와 같이 이야기한 후에 쓰세요.

> 보기
>
> 가 : 어렸을 때 떡볶이를 좋아해서 많이 먹었다면서요?
>
> 나 : 네, 그때는 떡볶이를 얼마나 **좋아했는지** 떡볶이를 입에 달고 살았어요.

❶ 가 : 저렇게 뛰어노는 아이들을 보니 어렸을 때 생각난다. 그때는 노는 게 정말 재미있었는데.

　나 : 맞아. 그때는 노는 게 얼마나 _____ 밥 먹는 것도 잊고 놀았는데.

❷ 가 : 너 요즘도 라면 좋아하니? 고등학교 때는 정말 좋아했잖아.

　나 : 아니, 요즘은 잘 안 먹어. 그때는 얼마나 _____ 매일 라면만 끓여 먹었는데.

❸ 가 : 오늘 영숙 아줌마가 그러는데, 엄마하고 아빠가 굉장히 열렬한 연애를 하셨다면서요?

　나 : 맞아. 그때는 눈에 콩깍지가 _____ 하루라도 아빠를 못 보면 잠을 못 잘 정도였지.

❹ 가 : 요즘은 밤을 새우는 게 너무 힘들어요.

　나 : 나도 그래요. 대학교 때는 체력이 _____ 2~3일을 새워도 괜찮았었는데 지금은 하루도 힘들어요.

❺ 가 : 선영이는 오늘도 야근이라면서? 회사 일이 많은가 보네.

　나 : 네, 요즘 회사에 일이 _____ 매일 늦게 들어오네요.

✏️ –은/는커녕, –기는커녕

1 〈보기〉와 같이 이야기한 후에 쓰세요.

> **보기**
> 가 : 준기 씨는 학창 시절에 여자 친구들을 괴롭히는
>   말썽꾸러기였을 것 같아요.
> 나 : 여자 친구들을 괴롭히다니요? **괴롭히기는커녕** 너무 잘해 줘서
>   여학생들한테 인기가 얼마나 많았는데요.

❶ 가 : 영진 씨는 학창 시절에 공부벌레였을 것 같아요.

　나 : 아니에요. ＿＿＿＿＿＿＿＿＿＿＿＿ 문제아였어요.

❷ 가 : 상현 씨 성격을 보면 학교 다닐 때 인기가 많았을 것 같아요.

　나 : ＿＿＿＿＿＿＿＿＿＿＿＿ 너무 잘난 척하다 친구들에게 따돌림을

　　당하기도 했어요.

❸ 가 : 미정 씨 인상을 보면 어릴 때 귀여움을 많이 받았을 것 같아요.

　나 : 아니요, ＿＿＿＿＿＿＿＿＿＿＿＿ 미움만 받았어요. 귀여움은

　　막내가 독차지했어요.

❹ 가 : 저는 어렸을 때 집이 가난해서 정말 고생을 많이 했어요.

　나 : 준영 씨 지금 모습을 보면 ＿＿＿＿＿＿＿＿＿＿＿＿ 아주 편하게

　　살았을 것 같은데요.

❺ 가 : 효민 씨가 명준 씨 덕분에 일을 해결해서 고마워하지요?

　나 : ＿＿＿＿＿＿＿＿＿＿＿＿ 어제는 아는 체도 잘 안하던데요.

❻ 가 : 미진 씨 남편은 방 잘 치우지요?

　나 : ＿＿＿＿＿＿＿＿＿＿＿＿ 치워 놓은 방을 매일 어질러 놓아서 정돈

　　하느라 힘들어요.

1 다음을 이야기한 후에 쓰세요.

1) 가 : 영진 씨, 어릴 때 주로 뭐 하고 놀았어요?

　나 : 축구를 좋아해서 시간만 나면 축구를 _____.

　　　린다 씨는 어릴 때 주로 뭐 하고 놀았어요?

　가 : 책을 좋아해서 책을 손에서 놓지 않았어요.

　나 : 어렸을 때부터 책벌레였나 봐요.

2) 가 : 수영 씨는 고등학교 다닐 때 모범생이었을 것 같아요.

　나 : 아니에요. _____ 문제아였어요. 수업을

　　　_____ 놀러도 가고 친구들을 괴롭히기도 했어요.

　　　그래서 부모님께 자주 혼났어요.

　가 : 와, 지금의 수영 씨 모습을 보면 상상이 안 가요. 지금은 지각 한번

　　　안 하고 워낙 성실해서 부장님의 사랑을 독차지하잖아요.

3) 가 : 어머, 학교가 하나도 안 변했네. 우리가 졸업한 지 몇 년 되었지?

　나 : 6년 되었잖아. 학교에 오니까 여기서 공부하던 추억들이 새록새록

　　　떠오른다. 너는 정말 _____. 내가 놀리면 항상 울곤

　　　했잖아.

　가 : 그래, 너는 정말 개구장이였어. 그리고 시간만 났다 하면 여기저기

　　　쏘다니느라 해가 질 _____ 되어서야 집에 들어갔잖아.

　나 : 맞아. 그때는 노는 게 그렇게 _____

　　　학교 끝나자마자 집에 가방만 던져 놓고 밖에 나갔었지.

읽기 연습

1 다음은 방송국 홈페이지에 올린 글입니다. 잘 읽고 질문에 답하세요.

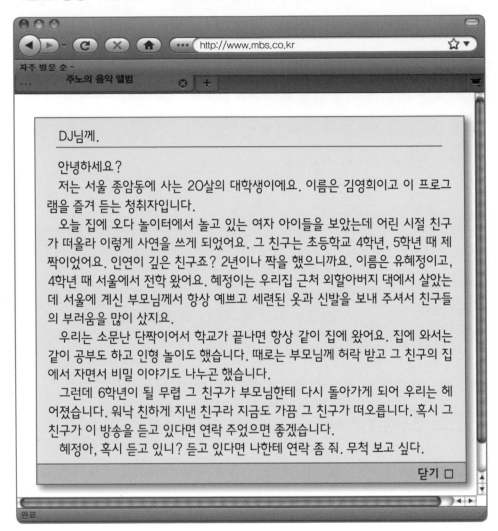

DJ님께.

안녕하세요?

저는 서울 종암동에 사는 20살의 대학생이에요. 이름은 김영희이고 이 프로그램을 즐겨 듣는 청취자입니다.

오늘 집에 오다 놀이터에서 놀고 있는 여자 아이들을 보았는데 어린 시절 친구가 떠올라 이렇게 사연을 쓰게 되었어요. 그 친구는 초등학교 4학년, 5학년 때 제 짝이었어요. 인연이 깊은 친구죠? 2년이나 짝을 했으니까요. 이름은 유혜정이고, 4학년 때 서울에서 전학 왔어요. 혜정이는 우리집 근처 외할아버지 댁에서 살았는데 서울에 계신 부모님께서 항상 예쁘고 세련된 옷과 신발을 보내 주셔서 친구들의 부러움을 많이 샀지요.

우리는 소문난 단짝이어서 학교가 끝나면 항상 같이 집에 왔어요. 집에 와서는 같이 공부도 하고 인형 놀이도 했습니다. 때로는 부모님께 허락 받고 그 친구의 집에서 자면서 비밀 이야기도 나누곤 했습니다.

그런데 6학년이 될 무렵 그 친구가 부모님한테 다시 돌아가게 되어 우리는 헤어졌습니다. 워낙 친하게 지낸 친구라 지금도 가끔 그 친구가 떠오릅니다. 혹시 그 친구가 이 방송을 듣고 있다면 연락 주었으면 좋겠습니다.

혜정아, 혹시 듣고 있니? 듣고 있다면 나한테 연락 좀 줘. 무척 보고 싶다.

닫기 □

1) 위와 같은 글을 쓴 이유는 무엇입니까?

2) 이 사람은 어린 시절 친구와 어떤 추억이 있습니까?

3) 읽은 내용과 같으면 ○, 다르면 ✕에 표시하세요.

(1) 이 사람은 6학년 때 친구와 헤어졌다. ○ ✕

(2) 두 사람은 고향이 같은 단짝 친구이다. ○ ✕

(3) 친구의 할머니는 친구에게 옷을 자주 사 주셨다. ○ ✕

1. 다음은 선영이와 친구들에 대한 소개입니다. 그림을 보고 선영이가 되어 친구를 찾는 사연을 써 보세요.

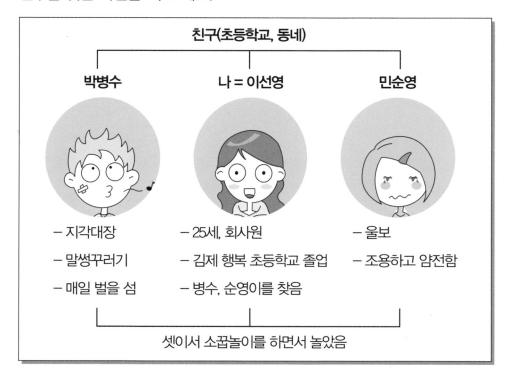

친구(초등학교, 동네)

박병수
- 지각대장
- 말썽꾸러기
- 매일 벌을 섬

나 = 이선영
- 25세, 회사원
- 김제 행복 초등학교 졸업
- 병수, 순영이를 찾음

민순영
- 울보
- 조용하고 얌전함

셋이서 소꿉놀이를 하면서 놀았음

1) 찾는 친구는 누구입니까? 언제 친구입니까? 메모해 보세요.

2) 찾는 친구의 특징을 메모해 보세요.

3) 친구들과 어떤 추억이 있는지 메모해 보세요.

4) 위의 메모를 바탕으로 라디오 프로그램에 보내는 사연을 써 보세요.

안녕하세요. 저는 서울 안암동에 사는 이선영입니다. 이 프로그램을 즐겨 듣는

25살의 회사원입니다.

제9과 여행의 감동

학습 목표
여행의 일정 및 여행지를 설명하고 여행지에서의 경험과 소감을
묘사할 수 있다.

주제	여행
기능	여행의 목적과 일정 이야기하기
	여행지의 특색 설명하기
	여행 소감 이야기하기
연습	말하기 : 여행 경험에 대해 묻고 답하기
	읽기 : 기행문 읽기
	쓰기 : 기행문 쓰기
어휘	여행지에서 하는 일, 여행지의 특색, 여행 소감
문법	-ㄴ 김에, -아/어/여 보니, -다시피

제9과 **여행의 감동**

1 그림을 보고 알맞은 말을 연결하세요.

①

· **ⓐ** 야경을 감상하다

②

· **ⓑ** 자연을 만끽하다

③

· **ⓒ** 유적지에 가 보다

④

· **ⓓ** 박물관을 관람하다

⑤

· **ⓔ** 성곽을 구경하다

⑥

· **ⓕ** 축제에 참가하다

2 〈보기〉에서 알맞은 말을 찾아 쓰세요.

> 보기
>
> 전망이 뛰어나다   전통문화를 느끼다
> 자연 경관이 이국적이다   즐길 거리가 많다
> 한국의 정취를 느끼다   음식 맛이 일품이다

❶ 가 : 설악산은 어땠어? 정말 사진에서 보던 것처럼 아름다웠어?

　　나 : 응, 설악산 정상에서 본 _____. 동해 바다가 한 눈에

　　　　보이더라.

❷ 가 : 하루짜리 여행이었는데 고성도 둘러보고 전통 공연도 관람했으면

　　　　정말 보람 있었겠어요.

　　나 : 네, 짧았지만 일본의 _____ 수 있어서 정말 좋았어요.

❸ 가 : 이거 제주도 여행에서 찍은 사진이에요? 근데 야자수가 있네요.

　　나 : 네, 야자수가 많아서 _____. 서울하고는 완전히

　　　　다르더라고요.

❹ 가 : 남원 여행은 어땠어요? 저도 꼭 한번 가보고 싶은 곳이거든요.

　　나 : 남원은 한국적인 색깔이 강해서 _____ 좋은 곳이에요.

❺ 가 : 주말에 남이섬에 다녀왔다면서요? 어땠어요?

　　나 : 재미있었어요. 숲길에서 산책도 하고 강변을 따라 자전거도 타고

　　　　_____

❻ 가 : 전주 여행에서 제일 기억에 남는 게 뭐예요?

　　나 : 무엇보다 식당들이 제일 기억에 남아요. 전주는 정말

　　　　_____

3 〈보기〉에서 알맞은 말을 찾아 쓰세요.

> 보기
>
> 한국의 인정을 느끼다   답답했던 마음이 다 풀리다
> 보람이 있다   기억에 오래 남다   아쉽다

　　나는 지난 주말에 춘천으로 여행을 다녀왔다. 떨리는 마음으로 기차와 버스를 갈아타며 춘천으로 향했다. 춘천에 도착해서 먼저 춘천호에 갔는데 호수를 바라보고 있으니 그동안 도시에서 받은 스트레스와 ❶_____. 그리고 드라마에서 보았던 남이섬에도 들렀는데 키가 큰 나무가 즐비한 모습이 정말 아름다웠다. 아마 남이섬에 갔던 일은 ❷_____. 그리고 또 하나 기억에 남는 일이 있다. 유명한 춘천 막국수를 먹으러 갔을 때였다. 식당 아주머니에게 음식이 너무 맛있다고 했더니 몇 번이나 국수하고 반찬을 더 갖다 주셨다. 그 순간 나는 정말 ❸_____. 하루짜리 짧은 여행이라서 다시 부산으로 내려올 때에는 ❹_____ 기분이 들었다. 하지만 이번 여행에서 여러 가지를 보고 느낄 수 있어서 참 ❺_____

–ㄴ 김에

1 〈보기〉와 같이 이야기한 후에 쓰세요.

> 보기
>
> 가 : 경주에 다녀오셨다면서요?
>
> 나 : 네. 그리고 **경주에 간 김**에 부산에 사는 친구도 잠깐 만나고 왔어요.

❶ 가 : 설악산에 갔다 왔다고 들었어요. 재미있었어요?

   나 : 네, 정말 좋았어요. 그리고 _____ 동해에 들러서 회도 실컷 먹고 왔어요.

❷ 가 : 유럽에는 여행 가신 거예요, 출장 가신 거예요?

   나 : 출장으로 갔었는데요. _____ 관광도 조금 했어요.

❸ 가 : 와, 해돋이 사진이네요. 아침 일찍부터 서둘러 일어났나 봐요.

   나 : 아니요. 그냥 새벽에 잠이 깼어요. 그래서 _____ 해돋이를 보러 간 거예요.

❹ 가 : 근처 다른 관광지도 좀 보고 오지 그냥 보성에만 있다 왔어요?

   나 : 저도 _____ 그러고 싶었는데 일정이 촉박해서 어쩔 수 없었어요.

❺ 가 : _____ 영화도 보고 밥도 먹고 갈까?

   나 : 그래. 오랜만에 시내에 나왔으니까 좀 놀다가 가자.

❻ 가 : 운동을 시작했다더니 도시락에는 계란 흰자와 닭 가슴살뿐이네요.

   나 : 네. 이왕 _____ 음식 조절도 좀 하려고요.

–아/어/여 보니

1 〈보기〉와 같이 이야기한 후에 쓰세요.

> 보기
>
> 가: 제주도는 정말 분위기가 이국적이었어요?
>
> 나: 네, 실제로 __가 보니__ 꼭 다른 나라 같았어요.

❶ 가: 전주에서 먹는 비빔밥은 여기서 먹는 거하고 많이 달라요?

　나: 네. 직접 전주에서 _____ 왜 전주 비빔밥이 유명한지

　　알겠더라고요.

❷ 가: 땅끝마을은 너무 멀어서 가기에 힘들지 않았어요?

　나: 아니요. 직접 _____ 별로 멀지 않았어요.

❸ 가: 예약도 안 하고 갔는데 숙소 구하기는 어렵지 않았어요?

　나: 도착 전에는 좀 걱정을 했었는데 _____ 근처에 호텔이

　　즐비하더라고요.

❹ 가: 오후에 한국으로 돌아가지요? 상하이 구경은 실컷 했어요?

　나: 아니요. 일정이 빠듯해서 많이 못 봤어요. _____

　　상하이가 생각보다 크네요.

❺ 가: 김 교수님은 눈빛이 너무 무서워서 앞에 가면 입도 못 열겠어요.

　나: 저도 같이 지내보기 전에는 그렇게 생각했지만 _____

　　정말 따뜻한 분이더라고요.

❻ 가: 저는 마이클 씨가 왜 갑자기 퇴사를 했는지 정말 이해가 안 가요.

　나: 마이클 씨 이야기를 _____ 나름대로 이유가 다 있더

　　라고요.

✏️ -다시피

1 〈보기〉와 같이 이야기한 후에 쓰세요.

> **보기**
> 가 : 이번 주말에 또 제주도에 다녀오신 거예요?
> 나 : 네. <u>아시다시피</u> 제가 제주도를 엄청 좋아하잖아요.

❶ 가 : 늘 가고 싶어했던 파리에 직접 다녀온 느낌이 어때?

　 나 : 누구나 ＿＿＿＿＿＿＿＿ 파리는 낭만의 도시잖아. 정말 낭만

　　　 그 자체였어.

❷ 가 : 오늘은 걸어서 여행을 할까 하는데 어떻게 생각하세요?

　 나 : 안 돼요. 이 지도에서 ＿＿＿＿＿＿＿＿ 우리 숙소에서 만리장성

　　　 까지는 너무 멀어서 걷기에는 좀 무리예요.

❸ 가 : 베트남에서는 여행도 많이 했어요? 베트남 이야기 좀 해 보세요.

　 나 : 아까도 ＿＿＿＿＿＿＿＿ 출장으로 간 거라 관광은 못 했어요.

❹ 가 : ＿＿＿＿＿＿＿＿ 거기는 정말 일본의 정취가 물씬 풍기는 곳이

　　　 었어요.

　 나 : 텔레비전에도 자주 소개된다고요? 저는 거기가 그렇게 유명한 관광

　　　 지인지 전혀 몰랐네요.

❺ 가 : 이거요, 너무 작아서 입을 수가 없는데 교환되지요?

　 나 : 죄송합니다. 여기에 써 ＿＿＿＿＿＿＿＿ 저희 가게는 교환이

　　　 안 됩니다.

❻ 가 : 필요한 서류가 뭐라고 말씀하셨었지요?

　 나 : 아까도 ＿＿＿＿＿＿＿＿ 신분증 사본하고 신청서만 있으면

　　　 됩니다.

말하기 연습

1 그림을 보고 이야기한 후에 쓰세요.

1) 가 : 설악산 여행은 어땠어요? 가을이어서

　　　정말 경치가 좋았겠어요.

　 나 : 네, ＿＿＿＿＿＿＿＿＿ 산이 온통

　　　붉은색이었어요.

　 가 : 와, 단풍 구경은 실컷 했겠네요.

　　　그런데 설악산에만 있다 온 거예요?

　 나 : 아니요. 거기까지 ＿＿＿＿＿＿＿＿

　　　동해에 가서 유명한 ＿＿＿＿＿＿＿＿

2) 가 : 투이 씨, 방학 동안 여행을 다녀왔다면서요? 어디 다녀왔어요?

　 나 : 전라남도에 있는 보성에 다녀왔어요. 토마스 씨, 보성 알아요?

　 가 : 당연히 알지요. 저도 가 보고 싶었거든요. 보성은 어땠어요?

　 나 : 텔레비전에서 볼 때도 좋았지만 직접 ＿＿＿＿＿＿＿＿

　　　경치가 생각보다 더 아름다웠어요.

　 가 : 좋았겠네요. 그런데 거기서 뭐 했어요?

　 나 : 토마스 씨도 잘 ＿＿＿＿＿＿＿＿,

　　　보성은 녹차밭이 유명하잖아요. 그래서

　　　녹차밭도 거닐고 거기서 사진도 많이 찍었어요.

　 가 : 와, 정말 좋았겠어요.

　 나 : 네. 답답했던 마음도 ＿＿＿＿＿＿＿＿

　　　보람 있는 시간을 보냈어요.

1 다음은 기행문입니다. 잘 읽고 질문에 답하세요.

> 서울을 떠나 제주도 공항에 도착한 것은 오후 5시 30분이었다. 짐을 찾아 공항을 나선 뒤, 버스를 타고 숙소로 이동했다. 숙소는 제주 공항에서 좀 떨어진 중문 관광 단지에 위치해 있었다. 그렇게 멀지 않은 거리였지만 마음이 급해서 그랬는지 숙소는 계속 멀게만 느껴졌다. 그러나 버스 창문 밖으로 눈을 돌렸을 때, 서울과는 너무나 다른 제주도의 경치에 그만 마음을 빼앗기고 말았다. 푸른 하늘, 푸른 바다, 낯선 모습의 나무와 집들, 처음 보는 모양의 지붕과 돌담까지. 나는 숙소에 가고 있다는 생각을 잠시 잊고 버스에서 내리고 싶은 마음이 들 정도로 제주도의 자연 경관에 감동했다.
>
> 그러는 사이에 어느새 숙소에 도착했고 나는 ㉠여장을 풀었다. 짐을 정리한 후에 곧바로 해변으로 나갔다. 하늘은 벌써 어둑어둑해지고 바다 너머로 해가 지고 있었다. 처음에는 제주도에 도착하자마자 미리 알아 두었던 관광 명소들을 찾아 다닐 생각이었지만 노을이 지는 저녁 바다를 바라보니 그냥 그 자리에 오래도록 서 있고 싶다는 생각이 들었다. 한참 동안 저녁 바다의 낭만을 즐기며 해변에 서 있었는데 내 나이와 비슷해 보이는 남자 한 명이 나에게 말을 걸었다. 나처럼 혼자 여행을 온 캐나다 대학생이었다. 서로의 이야기를 하다 우리는 제주도의 유명한 갈치 요리를 먹으러 서귀포시의 한 식당으로 갔다. 맛있는 음식을 함께 먹으니 어느새 친구가 된 것 같았다.
>
> 혼자서 여행을 하다 보면 우연히 만나는 사람들과 쉽게 친해지게 되는데 이것은 여행이 주는 또 하나의 선물이 아닐까? 나는 두근거리는 마음으로 숙소에 돌아와 잠자리에 들었다.

1) 제주도에 도착한 첫날 일정을 아래와 같이 정리해 보세요.

제주 공항 ➡ (   ) ➡ (   ) ➡ (   ) ➡ (   )

2) 밑줄 친 ㉠의 의미는 무엇입니까?

3) 위 글의 내용과 같은 것을 고르세요.

❶   이 사람은 제주도의 경치가 이국적으로 느껴졌다.

❷   숙소로 가는 길에 차에서 내려 자연 경관을 감상했다.

❸   같이 여행을 온 친구와 함께 저녁을 먹으러 서귀포에 갔다.

❹   도착하자마자 제주도의 유명한 관광 명소를 구경하기 시작했다.

1 다음은 마이클 씨의 일기장입니다. 잘 읽고 마이클 씨가 되어 여행에서 한 일을 기행문으로 써 보세요.

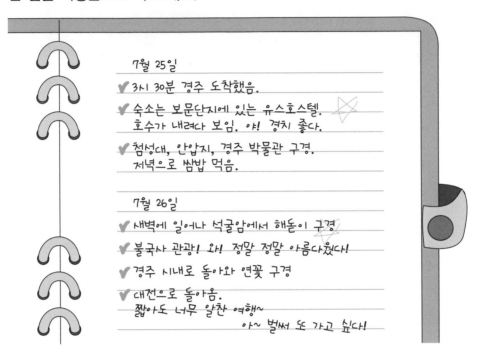

7월 25일

✔ 3시 30분 경주 도착했음.

✔ 숙소는 보문단지에 있는 유스호스텔. 호수가 내려다 보임. 야! 경치 좋다.

✔ 첨성대, 안압지, 경주 박물관 구경. 저녁으로 쌈밥 먹음.

7월 26일

✔ 새벽에 일어나 석굴암에서 해돋이 구경

✔ 불국사 관광! 와! 정말 정말 아름다웠다!

✔ 경주 시내로 돌아와 연꽃 구경

✔ 대전으로 돌아옴. 짧아도 너무 알찬 여행~
아~ 벌써 또 가고 싶다!

1) 마이클 씨가 여행으로 간 곳은 어디입니까? 며칠 동안 다녀왔습니까?

2) 마이클 씨가 여행지에서 한 것은 무엇입니까? 날짜 순으로 정리해 보세요.

3) 마이클 씨가 여행에서 느낀 점은 무엇입니까? 여행의 소감을 찾아 보세요.

4) 위의 메모한 내용을 바탕으로 마이클 씨가 되어 기행문을 써 보세요.

제10과 결혼

학습 목표
결혼 제도와 풍습에 대해 설명할 수 있다.

주제	결혼
기능	결혼에 대한 생각 이야기하기
	결혼 과정 설명하기
	결혼 관련 통계 자료 설명하기
연습	말하기 : 결혼에 대해 묻고 답하기
	읽기　 : 특별한 결혼식에 관한 글 읽기
	쓰기　 : 배우자 선택에 대한 남녀의 성향을 비교하는
	글 쓰기
어휘	만남과 결혼, 결혼 준비
문법	-지요, -는 데에, -(으)로

제10과 **결혼**

1 그림을 보고 알맞은 말을 연결하세요.

❶
　　　　　　　　　　　　　　　　• ⓐ 집을 구하다

❷
　　　　　　　　　　　　　　　　• ⓑ 혼수를 장만하다

❸
　　　　　　　　　　　　　　　　• ⓒ 결혼 날짜를 잡다

❹
　　　　　　　　　　　　　　　　• ⓓ 함을 받다

❺
　　　　　　　　　　　　　　　　• ⓔ 청첩장을 찍다

❻
　　　　　　　　　　　　　　　　• ⓕ 예물을 고르다

2 〈보기〉에서 알맞은 말을 찾아 쓰세요.

> **보기**
>
> 약혼하다   파혼하다   중매하다
>
> 선을 보다   연애하다   이혼하다

❶ 가 : 저 두 사람은 어떻게 만나서 결혼했대요?

　나 : 고등학교 1학년 때 만나서 10년 동안 ＿＿＿＿＿＿＿ 결혼하는

　　　거래요.

❷ 가 : 요즘 한국 사람들은 결혼 상대자를 주로 어떻게 만나요?

　나 : 그냥 친구 소개를 받기도 하고 전문적인 결혼 정보 회사의 도움을

　　　받아 ＿＿＿＿＿＿＿ 해요.

❸ 가 : 동희 씨 부모님은 어떻게 결혼하셨어요?

　나 : 저희 부모님 때는 연애결혼은 많이 안 했대요. 저희 아빠 친구

　　　분이 두 분을 ＿＿＿＿＿＿＿

❹ 가 : 세호 씨 결혼식이 다음 달이죠? 우리 같이 갑시다.

　나 : 어? 이야기 못 들었어요? 세호 씨가 혼수 문제로 약혼자랑

　　　＿＿＿＿＿＿＿

❺ 가 : 민경 씨, 결혼한다면서요? 축하해요.

　나 : 네, 감사합니다. 이번 달에 먼저 ＿＿＿＿＿＿＿ 결혼은 3월에

　　　해요.

❻ 가 : 김 부장님은 뭐 안 좋은 일 있으세요? 요즘 영 표정이 안 좋으세요.

　나 : 아, 이건 비밀인데요. 사모님과 사이가 별로 안 좋으시더니 결국

　　　두 분이 ＿＿＿＿＿＿＿.

3 〈보기〉에서 알맞은 말을 찾아 쓰세요.

> **보기**
>
> 축가를 부르다 　　　　　　　입장하다
> 성혼 선언을 하다 　　　　퇴장하다 　　　신혼여행을 가다

　　나는 오늘 우리 한국어 선생님의 결혼식에 다녀 왔다. 처음으로 가 본 한국 결혼식은 매우 인상적이었는데, 텔레비전에서 본 것과 달리 오늘 결혼식에서는 신랑과 신부가 함께 손을 잡고 ❶_____. 그리고 신랑과 신부의 혼인 서약이 끝나자 주례 선생님은 ❷_____ 두 사람이 부부가 되었음을 하객에게 알리셨다. 주례사가 끝나자, 두 사람을 위해 회사 동료들이 즐거운 ❸_____. 마지막으로 두 사람이 ❹_____ 순서였는데 결혼식 내내 웃으시던 우리 선생님께서 갑자기 눈물을 보이셨다. 가장 행복한 날이지만 한편으로는 부모님 곁을 떠나는 것이 아쉬우셨나 보다. 그래도 결혼식이 다 끝나고 친구들의 박수와 축하를 받으며 ❺_____ 선생님을 보니 나도 정말 기뻤다. 영원히 기억에 남을 하루였다.

–지요

1 〈보기〉와 같이 이야기한 후에 쓰세요.

> 보기
>
> 가: 진수 씨는 연애결혼 했어요?
>
> 나: 그럼요. 대학교 때 만나서 5년이나 **연애했지요**.

❶ 가: 오늘 결혼하는 저 신부 정말 예쁘네요.

　나: 그럼요. 어느 결혼식에서나 신부가 제일 _____

❷ 가: 결혼식을 학교에서 하려고 하는데 어떻게 생각해요?

　나: 두 사람이 학교 동창이니까 기념도 되고 다른 예식장보다 더

　　_____

❸ 가: 영미 씨 결혼식에서 축가를 불러 줄 사람이 필요한데 누가 좋을지

　　모르겠어요.

　나: 노래는 수진 씨가 잘 _____. 영미 씨랑 제일

　　친하기도 하니까 수진 씨한테 부탁해 보세요.

❹ 가: 동수 씨는 민희 씨랑 어떻게 만났어요?

　나: 저요? 저는 연애에는 좀 소질이 없어서 선을 봐서 _____

❺ 가: 린다 씨는 스케이트를 정말 잘 타네요. 어려서부터 배웠어요?

　나: 네, 저희 엄마가 스케이트 선수여서 제가 스케이트를 좀 일찍

　　_____

❻ 가: 여기 식탁 위에 두었던 과자 누가 먹었어요?

　나: 누구겠어요? 간식 좋아하는 밍밍 씨가 다 _____

✏️ –는 데에

1 〈보기〉와 같이 이야기한 후에 쓰세요.

> **보기**
>
> 가: 이제 드디어 내일이 결혼식이네요? 기분이 어때요?
>
> 나: 글쎄요. <u>**결혼식 준비하는 데에**</u> 온 신경을 다 썼더니 좋은지도
> 잘 모르겠어요.

❶ 가: 결혼식 준비하면서 뭐가 제일 힘들었어요?

　　나: 서로 너무 바빠서 결혼식 날짜를 _____ 제일 힘이

　　　　많이 든 것 같아요.

❷ 가: 막상 결혼을 준비하다 보니 많이 어렵지요?

　　나: 네, 너무 급하게 날짜를 잡았더니 청첩장을 _____

　　　　고생을 많이 했어요.

❸ 가: 결혼을 준비할 때 아무래도 돈이 많이 들지요?

　　나: 그럼요. 옷값이 비싸서 결혼 예복을 _____ 특히

　　　　돈을 많이 썼어요.

❹ 가: 결혼식장을 고를 때 어떤 점이 제일 어려우셨어요?

　　나: 사람들이 쉽게 오도록 교통이 편리한 결혼식장을 _____

　　　　시간을 많이 들였어요.

❺ 가: 내일이 결혼식이라는 게 믿기지 않아요. 별일 없겠죠?

　　나: 걱정하지 말고 예쁜 신부가 _____ 온 힘을 쓰세요.

❻ 가: 지수 씨, 지난 겨울 방학은 어떻게 보냈어요?

　　나: 저요? 저는 엄마가 좀 아프셔서 엄마 집안일 _____

　　　　대부분의 시간을 썼어요.

✏️ –(으)로

1 다음을 보고 〈보기〉와 같이 이야기한 후에 쓰세요.

> **국제결혼율, 전체 결혼율의 10% 차지**
>
> **대학생 10명 중 3명, '결혼은 필수가 아니라 선택'**
>
> **공무원, 배우자 선호도 1위 차지**
>
> **전체 여성의 65% 이상, '상황에 따라 이혼 가능'**
>
> **전체 부모의 10% 이하, '자녀들의 집 장만 적극 지원'**

> 보기
>
> 신문 기사에 보니까 국제결혼율이 <u>전체 결혼율의 10%를 차지하는 것으로</u> 나타났습니다.

❶ 어제 신문을 보니까 '상황에 따라 이혼이 가능하다'라고 대답한 여성이
_____ 나타났습니다.

❷ 설문 조사 결과, '결혼은 필수가 아니라 선택'이라고 대답한 대학생이
_____ 드러났습니다.

❸ 30대 미혼자들을 대상으로 인터뷰한 결과, 선호하는 배우자의 직업은
_____ 나타났습니다.

❹ 오늘 신문에 자녀들이 결혼할 때 집 장만을 적극 지원하겠다는 부모는
_____ 드러났습니다.

말하기 연습

1 다음을 이야기한 후에 쓰세요.

1) 가 : 역시 모든 결혼식에서는 웨딩드레스 입은 신부가 주인공인 것 같아요.
정말 예쁘네요.

나 : 그러게요. 참, 저 두 사람은 _____ 한 거라면서요?

가 : 네, 고등학교 때부터 사귀기 시작했대요.

나 : 그럼, 결혼식을 _____ 힘이 별로 안 들었겠어요.
서로 잘 아니까 준비 과정에서 이야기가 잘 통했을 테니까요.

가 : 그렇죠. 보통은 예물이나 예단 같은 _____ 때
다투기도 하던데 이 두 사람은 안 그랬던 것 같아요.

2) 가 : 요즘에 주변 친구들을 보면 결혼을 안 한 사람이 참 많아요.

나 : 맞아요. 우리 사무실 직원들도 서른 살 넘은 사람들이 많은데 반은
아직 미혼이더라고요.

가 : 제가 어느 신문에서 봤는데 점점 결혼 연령이 _____
나타났대요. 아마 모두 직장에서 자신의 경력을 쌓는 데 시간과
에너지를 더 쏟나 봐요.

나 : 그런데 제 생각에는 직장에서 성공하는 것도 물론 중요하지만,
결혼을 해서 가정을 꾸리고 아이를 낳는 것도 그만큼 보람 있고
소중하다고 생각해요.

가 : 그럼, 어서 미영 씨도 결혼 _____

나 : 아니, 사람도 없는 데 날짜부터 잡으라고요? 좋은 사람부터 소개시켜
주세요.

읽기 연습

1 다음은 결혼 정보 회사 사이트에 올린 글입니다. 잘 읽고 질문에 답하세요.

듀이결혼정보 **해외여행 상품권을 잡아라!**

김미영 ✉ 저는 한 달 전에 결혼을 한 새내기 주부입니다. 제가 자랑하고 싶은 특별한 결혼식 이야기는요. '웨딩드레스'에 관한 겁니다. 사실, 웨딩드레스 가격이 만만치 않아서 걱정을 많이 하다가 웨딩드레스를 직접 만들 수 있도록 가르쳐 주는 인터넷 동호회를 알게 되었어요. 제가 바느질 솜씨가 좀 좋은 편이어서 제 웨딩드레스를 직접 만드는 데 6개월 정도밖에 안 들었답니다. 이 세상에 하나 뿐인 소중한 드레스를 입고 한 결혼식보다 더 특별한 게 있을까요?

송지혜 ✉ 제 결혼식이 특별한 이유는 남들은 다 하는데 저희는 하지 않은 한 가지가 있기 때문입니다. 주례 선생님을 모시지 않고 결혼식을 했거든요. 하객 분들이 처음에는 좀 놀라시기도 했지만, 주례 선생님 대신 시아버님이 덕담도 해 주시고 친정 아버님이 성혼 선언도 해 주셔서 제게는 훨씬 기억에 오래 남을 개성 만점 결혼식이었지요. 시간도 줄이고, 또 비용도 줄일 수 있었으니 바로 이런 게 일석이조 아닐까요?

김철수 ✉ 우리 두 사람의 결혼식은 한 마디로 '나눔' 결혼식이었습니다. 저희가 봉사 단체에서 함께 일을 하다가 결혼을 하게 된 것이기 때문에 결혼식에 꼭 '봉사'와 관련된 특별한 행사를 마련하고 싶었습니다. 축의금을 받는 대신에 가난한 시골 학교를 돕기 위한 모금함을 둔 것이지요. 그래서 저희를 위한 사람들의 마음이 더 많은 사람들을 돕는 데에 쓰일 수 있다면 그게 더 큰 행복이라고 생각했거든요.

---

1) 이 행사는 무엇을 위한 것인지 아래 빈 칸을 완성해 보세요.

가장 _____ 에 대한 사연을 보낸 부부에게

해외여행 상품권을 주는 행사

2) 위 내용을 바탕으로 각 사람들이 사이트에 올린 이야기를 다음 표에 요약해 보세요.

김미영	
송지혜	저희는 주례 선생님을 따로 모시지 않았어요!
김철수	

쓰기 연습

1 다음은 대학생의 배우자 선택 성향에 관한 도표입니다. 잘 읽고 남성과
여성의 성향을 비교하는 글을 써 보세요.

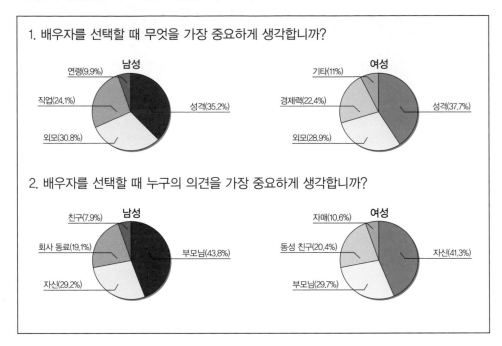

1. 배우자를 선택할 때 무엇을 가장 중요하게 생각합니까?

남성
연령(9.9%)
직업(24.1%)
외모(30.8%)
성격(35.2%)

여성
기타(11%)
경제력(22.4%)
외모(28.9%)
성격(37.7%)

2. 배우자를 선택할 때 누구의 의견을 가장 중요하게 생각합니까?

남성
친구(7.9%)
회사 동료(19.1%)
자신(29.2%)
부모님(43.8%)

여성
자매(10.6%)
동성 친구(20.4%)
부모님(29.7%)
자신(41.3%)

1) 배우자를 선택할 때 가장 중요하게 생각하는 것은 무엇인지 메모해
보세요.

남성 :

여성 :

2) 배우자를 선택할 때 누구의 의견을 가장 중요하게 생각하는지 메모해
보세요.

남성 :

여성 :

3) 위에서 메모한 내용을 바탕으로 대학생의 배우자 선택에 대한 남성과
   여성의 성향을 비교하는 글을 써 보세요.

     최근 대학생들의 결혼관을 주제로 설문 조사를 실시한 결과 다음과 같은
   응답 결과가 나왔다.

   _____

   _____

   _____

   _____

   _____

   _____

   _____

종합 연습 II

1 다음 밑줄에 알맞은 말을 고르세요.

1) 가: 볼 때마다 느끼는 거지만 최 대리는 참 _____ 것 같아요.

　나: 맞아요. 그 많은 서류들을 언제 저렇게 다 정리해 놓았는지 모르겠어요.

　❶ 눈이 높은　　　❷ 귀가 얇은　　　❸ 손이 빠른　　　❹ 발이 넓은

2) 가: 이거 우메드 씨 어렸을 때 사진이에요? 정말 _____ 같이 생겼네요.

　나: 그래 보여요? 맞아요. 저 정말 장난도 많이 치고 말썽도 많이 부렸어요.

　❶ 공부벌레　　　❷ 욕심쟁이　　　❸ 잠꾸러기　　　❹ 개구쟁이

3) 가: 눈도 많이 충혈되고 계속 하품만 하는 걸 보니 잠을 못 잤나 봐요.

　나: 네, 요즘 스트레스 때문에 _____ 하루에 두세 시간밖에 못 자요.

　❶ 편두통이 심한지　　　　　　❷ 소화가 안 되는지

　❸ 불면증이 생겼는지　　　　　❹ 식욕이 떨어졌는지

2 다음 밑줄 친 부분과 의미가 비슷한 것을 고르세요.

1) 초등학교를 졸업한 지 벌써 10년이나 지났지만 단짝 친구들과 몰려 다니며 놀던

　일들이 아직도 눈에 선합니다.

　❶ 엊그제 같습니다　　　　　❷ 추억에 잠깁니다

　❸ 기억에 남습니다　　　　　❹ 가끔씩 떠오릅니다

2) 양가 부모님을 만나 뵙고 나니까 내가 결혼한다는 사실이 정말 실감나기 시작했다.

　❶ 궁합을 보고　　　　　　　❷ 상견례를 하고

　❸ 청첩장을 돌리고　　　　　❹ 혼수를 장만하고

3) 시간이 많이 늦었지만 서울의 밤 풍경을 즐기고 싶어서 서울타워에 올라갔다.

　❶ 성곽을 구경하고　　　　　❷ 자연을 만끽하고

　❸ 야경을 감상하고　　　　　❹ 유적지에 가 보고

3 다음에서 알맞은 말을 골라 대화를 완성하세요.

1) 싼 게 비지떡 – 갈수록 태산 – 꿩 대신 닭

   가 : 일주일짜리 해외 여행을 준비하고 있었는데 회사일 때문에 계획이 완전히
   무산되었어요.

   나 : 속상하시겠어요. 그럼, _____ 이라고 주말에 서울
   근교에라도 다녀오시지 그러세요.

2) 숙면을 취하다 – 회식 자리에 참석하다 – 상담을 받다

   가 : 요즘은 정말 스트레스 때문인지 세상만사가 귀찮고 매사에 의욕이 없어.

   나 : 그런 상태가 계속되면 정신 건강에 해로울 수도 있어. 그냥 놔 두지 말고 전문가
   에게 가서 _____ 보는 건 어때?

3) 전망이 뛰어나다 – 자연 경관이 이국적이다 – 경치가 아름답다

   가 : 와, 이거 제주도에서 찍은 사진이에요? 그런데 제주도는 꼭 외국 같아요.

   나 : 정말 그렇지요? 나무들이 다르게 생겨서 그런지 _____

4 다음 밑줄에 알맞은 말을 고르세요.

1) 가 : 내일이 민호랑 내가 만난 지 100일째 되는 날인데 민호는 모르는 눈치야.

   나 : 알면서도 _____ 건 아닐까? 깜짝 파티를 준비하고 있는지도 모르잖아.

   ❶ 모를 뻔한   ❷ 모르는 듯한   ❸ 모르는 척하는   ❹ 모른다고 하는

2) 가 : 디에고 씨는 어떻게 매일 그렇게 일찍 와요? 학교 다닐 때도 그렇게 성실했어요?

   나 : 아니요. _____ 반항적인 편이었어요. 지금 제 모습을 보면 상상이 안
   되지요?

   ❶ 성실하거나   ❷ 성실한데다가   ❸ 성실하면서도   ❹ 성실하기는커녕

3) 가 : 런던 출장은 잘 다녀오셨어요? 워낙 일정이 빠듯해서 관광할 틈도 없으셨지요?

   나 : 그래도 멀리까지 _____ 저녁에는 시간을 좀 내서 관광도 하긴 했어요.

   ❶ 가길래   ❷ 간 김에   ❸ 간다기에   ❹ 가는 길에

5 다음 [   ]의 단어를 알맞은 형태로 바꾸어 밑줄에 쓰세요.

1) [결혼 준비를 하다]

가 : 내일 모레가 드디어 결혼식이네요. 수미 씨는 _____ 얼마나

걸렸어요?

나 : 글쎄요. 어디부터 어디까지가 결혼 준비인지 모르겠지만 한 6개월 정도 걸린 것

같아요.

2) [직접 가 보다]

가 : 뉴욕 여행은 어땠어요? 길도 낯설고 의사소통도 안돼서 헤매고 다닌 거 아니에요?

나 : 사실 저도 걱정 좀 했는데 _____ 대중교통이 워낙 잘 되어

있어서 별 문제 없었어요.

3) [날개가 돋치다]

가 : 어, 부장님도 그 전화기로 바꾸셨네요. 요즘은 다들 그 모델로 바꾸는 게

추세인가 봐요.

나 : 그러게. 매장 직원이 이 모델이 _____ 팔린다고 하더라고.

6 〈보기〉와 같이 [   ]의 표현을 이용해서 문장을 만드세요.

보기
[유학 생활을 마치다, 고향에 돌아가다, 취직하다]
유학 생활을 마치는 대로 고향에 돌아가서 취직을 할 거예요.

1)
취직, 졸업
[취직 준비, 졸업 시험, 겹치다, 스트레스가 많다]
_____

2)
질문 질문 질문
[계속 꼬치꼬치 물어 보다, 말하다, 않다, 없다]
_____

142

3)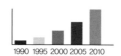
1990 1995 2000 2005 2010

> 미혼 인구, 꾸준하다, 증가하고 있다, 나타나다

_____

7 대화의 밑줄에 알맞은 표현을 쓰세요.

1) 가 : 요즘 며칠씩 밤샘 작업을 한다더니 얼굴이 좀 상했네요. 바쁜 일은 다 끝난 거예요?

　　나 : 다 끝난 건 아니지만 거의 다 _____. 걱정해 주셔서 감사합니다.

2) 가 : 린다 씨는 학창시절에 좋아하던 연예인 있어요?

　　나 : 그럼요. 저는 브래드 잭슨에 푹 빠져 있었어요. 그때는 브래드 잭슨이 그렇게

　　　멋있어 _____ 틈만 나면 그 사람 나오는 영화를 보러 갔어요.

3) 가 : 전주 여행에서 가장 인상 깊었던 게 뭐예요?

　　나 : 아무래도 거기 음식인 것 같아요. 다들 잘 _____ 전주는

　　　비빔밥이 유명하잖아요. 거기서 먹은 비빔밥은 정말 일품이었어요.

8 대화의 밑줄에 알맞은 표현을 쓰세요.

1) 가 : 어, 공기놀이를 하는 아이들이 있네. 요즘 아이들도 공기를 하는구나.

　　나 : 저걸 공기라고 불러? 나 저거 잘하는데.

　　가 : 정말이야? 공기를 잘한다고? 너희 나라에도 공기가 있구나?

　　나 : 그럼, 내가 초등학교에 다니던 _____ 쉬는 시간마다 친구들하고 모여

　　　앉아서 공기놀이를 _____

　　가 : 그래? 네 이야기를 들으니까 나도 초등학교 시절에 대한 기억이 _____

　　나 : 맞아. 갑자기 그때 생각이 막 떠오르네. 아, 그 시절이 그립다.

2) 가: 어떻게 오셨습니까?

　　나: 요즘에 음식을 먹으면 _____ 자꾸 체해서요.

　　가: 그러세요? 진찰을 하게 이쪽으로 잠시 누워 보시겠습니까?

　　〈잠시 후〉

　　가: 일단 소화기에 이상이 있는 것은 아니군요. 혹시 최근에 스트레스를 많이

　　　　받으십니까?

　　나: 네. 실은 요즘 _____ 해야 해서 신경을 쓸 일이 너무 많아요.

　　가: 대학원 진학이나 자격증 시험 준비도 중요하지만 그래도 제일 중요한 건

　　　　건강이니까 일단 마음을 좀 편하게 가져 보시기 바랍니다.

9 다음 문장을 순서대로 맞게 배열해 보세요.

1) 가: 어, 저기 좀 보세요. 호랑이도 제 말 하면 온다더니 유타 씨가 저쪽에서 오네요.

　　나: 그렇지요? 속담을 이해하려면 그 속담이 만들어진 시대상이나 문화에 대해서도

　　　　알아야 하니까요.

　　다: 시대상이나 문화를 알아도 그 속뜻을 추측하는 건 어려워요. 그냥 그때그때

　　　　외우는 게 낫던데요.

　　라: 아, 그런 뜻이구나. 속담은 그 의미를 짐작하기가 좀 어려워요.

　　마: 호랑이? 왜 갑자기 호랑이 이야기를 하는 거예요?

　　바: 호랑이도 제 말하면 온다는 말은 한국 속담인데요. 누구 이야기를 하면 그 사람이

　　　　나타난다라는 뜻으로 쓰여요.

　　　　　　　　　　　　　　　　　　가 - (　) - (　) - (　) - (　) - 다

2) 가: 아, 함진아비가 오징어를 쓰고 왔었나 보지요? 요즘에는 그렇게 안 하는 사람도 많은데.

나: 글쎄요. 요즘에는 뭐든지 자기들 상황에 맞춰서 절차를 간소화시키는 경우가 많잖아요.

다: 첸닝 씨, 선생님 함 받으시는 날 갔었다면서요? 재미있었어요?

라: 그래요? 왜 그렇지요? 재미있는 풍습 같은데 안 그러는 사람이 많다니 의외네요.

마: 그렇군요. 제가 만약에 한국 사람하고 결혼을 하게 된다면 옛 풍습 그대로 해 보고 싶은데.

바: 네. 저는 함 받는 건 처음 봤는데 오징어 가면을 쓴 사람 때문에 얼마나 웃었는지 몰라요.

다 - (　　) - (　　) - (　　) - (　　) - (　　)

10 다음을 읽고 알맞은 말을 쓰세요.

1) 아래의 ㄱ)이 의미하는 것이 무엇인지 아래에 쓰세요.

> 오늘은 수업 중에 학기말 주제 발표를 위한 팀을 구성했다. 나는 원하지 않았지만 친구들의 추천으로 팀장이 되었다. 워낙 중요한 발표인데다가 잘해 낼 자신도 없어서 그런지 벌써부터 ㄱ)어깨가 너무 무겁다.

_____

2) 아래의 밑줄에 알맞은 말을 쓰세요.

> 나에게는 지금도 잊을 수 없는 학창 시절의 단짝 친구가 있다. 그 친구와 나는 바늘에 실 가듯이 언제나 꼭 붙어 다녔고 우리 둘 사이에는 어떤 비밀도 없었다. 하지만 우리들은 닮은 곳이라고 하나도 없었다. 나는 매일 문제를 일으키는 말썽꾸러기였지만 그 친구는 말 잘 듣는 모범생이었기 때문에 모든 선생님들의 _____. 지금 생각하면 어떻게 정반대의 개성을 가진 두 사람이 그만큼 친할 수 있었는지 모르겠다.

_____

11 다음을 읽고 질문에 답하세요.

　　나는 여행은 혼자 가는 것이 제 맛이라고 생각해 왔다. 여럿이 가면 여행 그 자체에 집중할 수 없고 자유롭게 여행을 즐길 수 없다고 생각했기 때문이다. 그런데 지난 주말에 다녀온 여행은 나의 이런 생각을 달라지게 만들었다. 같은 반 친구가 하도 같이 가자고 해서 어쩔 수 없이 여행을 떠났는데, 대화를 ㄱ) ＿＿＿＿＿＿＿ 그 친구도 나처럼 사진 찍는 것이 취미라는 것을 알게 되었다. 같은 취미를 가지고 있어서 그런지 여행에 대한 취향이나 여행에서 기대하는 것들도 매우 비슷했다. 그리고 그런 공통점은 우리의 여행을 아주 즐겁게 만들어 주었다. 특별한 관광 명소를 둘러 본 것도 아니고 맛집을 찾아다닌 것도 아니지만 그 친구와 함께 했던 시간들은 정말 잊을 수 없는 추억이 되었고 혼자 갔던 다른 여행보다 오히려 더 뿌듯하게 느껴졌다.

---

1) 이 글을 쓴 사람이 이번 여행을 통하여 느낀 점은 무엇입니까?

　❶ 여럿이서 함께 가는 여행은 얻는 것보다 오히려 잃는 것이 많다.

　❷ 다른 사람과 같이 떠나는 여행도 서로 취향이 같다면 즐거울 수 있다.

　❸ 여행을 제대로 하려면 여행이 주는 자유를 충분히 누릴 수 있어야 한다.

　❹ 여행을 통하여 취미 생활을 즐기는 것이야말로 가장 보람 있는 여행이다.

2) ㄱ)에 알맞은 말을 쓰세요.

_____

12 다음을 읽고 질문에 답하세요.

도시에 거주하는 여성들의 초혼 연령이 1990년 이래 지속적으로 높아지고 있는 것으로 나타났다. 어제 발표된 통계청 자료에 따르면 1990년에는 도시 거주 여성들의 초혼 연령이 25.8세였던 것에 비하여 2009년에는 29.7세로 약 4세 가량 높아졌다. 시골 거주 여성의 경우도 초혼 연령이 높아지고 있는 것은 마찬가지이나 도시 여성의 경우, 그 증가 속도가 더 빠르고 평균 연령도 더 높은 것으로 조사되었다. 시골 지역 거주 여성의 초혼 연령은 2009년 27.6세인 것으로 나타났는데 이는 도시 거주 여성이 약 2년 정도 더 늦게 결혼하고 있음을 말해준다고 할 수 있다.

이러한 현상은 여성의 사회 참여 증가와 이에 따른 경제력 상승에 기인한 것이므로 매우 긍정적인 변화라고 볼 수 있다. 그러나 일부에서는 이와 같은 현상이 여성에게만 국한된 것이 아니라 남성을 포함한 전체 도시 거주 미혼자에게 해당되는 일이므로 여성의 사회적 지위 상승과는 관련이 적다는 비판도 나오고 있다. 즉 여성과 남성 모두 결혼을 미루는 것은 여성의 사회적 지위가 상승했기 때문이 아니라 사회가 그만큼 살기 힘들고 특히 출산과 육아에 대한 부담감이 커졌기 때문이라는 것이다. 여성의 초혼 연령이 높아진 근본적인 원인이 무엇인지에 대해 보다 깊이 있는 조사가 필요할 것이다.

1) 이 기사의 제목으로 알맞은 것은 무엇입니까?

❶ 미혼 남녀 증가, 도시가 더 심해

❷ 여성 초혼 연령 계속적으로 상승

❸ 도시 거주 여성, 남성보다 경제력 앞서

❹ 출산과 육아 부담으로 도시 미혼자 증가로 이어져

2) 이 글을 쓴 사람의 태도로 알맞은 것은 무엇입니까?

❶ 냉정하고 비판적이다.　　　❷ 객관적이고 중립적이다.

❸ 분석적이고 설득적이다.　　　❹ 주관이 뚜렷하고 권위적이다.

3) 이 글의 내용과 같은 것을 고르세요.

❶ 시골에 거주하는 여성의 초혼 연령이 낮아지고 있다.

❷ 도시에 거주하는 남성의 초혼 연령이 높아지고 있다.

❸ 미혼 인구의 증가 추세는 시골 지역에서 더욱 뚜렷하다.

❹ 여성의 초혼이 늦어진 것에 비해 남성의 경우는 빨라졌다.

제11과 공연 감상

학습 목표
공연의 특징과 내용, 감상을 말할 수 있다.

주제	공연
기능	좋아하는 공연에 대해 이야기하기
	공연 감상 이야기하기
연습	말하기 : 공연 감상에 대해 묻고 답하기
	읽기 : 공연에 대한 기사문 읽기
	쓰기 : 공연에 대한 감상문 쓰기
어휘	공연 호평, 공연 혹평
문법	-아/어/여 오다, 얼마나 -던지, -나 마나

제11과 공연 감상

어휘와 표현

1 〈보기〉에서 알맞은 말을 찾아 쓰세요.

> 보기
>
> | 구성이 탄탄하다 | 호소력이 짙다 | 온몸이 감전이 되다 |
> | 눈을 뗄 수 없다 | 연기력이 뛰어나다 | 귓가에 맴돌다 |

❶ 가 : 이 연극, 이야기가 정말 치밀하게 잘 만들어졌다.

　　나 : 맞아. ＿＿＿＿＿＿＿＿＿ 완성도가 참 높은 것 같아.

❷ 가 : 와, 아까 그 여자 주인공 노래 잘하더라. 가창력 정말 뛰어나지?

　　나 : 그래. ＿＿＿＿＿＿＿＿＿ 목소리가 가슴을 울리더라고.

❸ 가 : 그 역할을 소화하기 쉽지 않았을 텐데 김지영 씨는 어떻게 그렇게

　　　　잘 해냈을까?

　　나 : 원래 ＿＿＿＿＿＿＿＿＿ 어떤 역할이든지 완벽하게 해내잖아.

❹ 가 : 오랜만에 진짜 마음에 드는 영화를 봤네. 제목 보고 지루할 줄

　　　　알았는데 보기 잘 한 것 같다.

　　나 : 나도 그래. 처음부터 끝까지 잠시도 ＿＿＿＿＿＿＿＿＿

❺ 가 : 이렇게 감동적인 콘서트는 처음이야. 특히 마지막에 부른 노래는

　　　　아직도 ＿＿＿＿＿＿＿＿＿

　　나 : 응, 나도 그 노래가 계속 머리에서 떠나지 않아.

❻ 가 : 야, 마지막 장면은 정말 충격적이지 않았어?

　　나 : 맞아. 진실이 밝혀지는 순간에는 ＿＿＿＿＿＿＿＿＿ 것처럼

　　　　꼼짝도 할 수 없었어.

2 〈보기〉에서 알맞은 말을 찾아 쓰세요.

> 보기
>
> 식상하다   하품밖에 안 나오다   장내 분위기가 어수선하다
> 음향 시설이 형편없다   작품이 수준 이하이다

갑자기 연극이 보고 싶어졌다. 인터넷에서 이런 저런 공연을 검색해 보다가 이 공연이 눈에 띄었다. 제목을 보니 재미있을 것 같아 극장을 찾았다.

드디어 막이 올랐다. 배우들은 최선을 다해 연기를 하였다. 하지만 그렇게 뛰어난 연기는 아니었다. 더구나 ❶ _____ 배경 음악이나 음향 효과가 별로였다. 또 이야기 내용도 너무 ❷ _____. 줄거리가 너무 뻔하니 결말에 대한 기대감도 사라졌다.

시간이 지나면서 처음의 기대는 점점 실망으로 바뀌었다. 게다가 떠드는 아이들 때문에 연극을 하는 동안 내내 ❸ _____ 연극에 집중할 수가 없었다. 지루하고 어수선한 분위기에서 연극이 끝나기만을 기다리다 보니 ❹ _____. 옆 사람이 하품하는 나를 자꾸 쳐다 보았다. 전체적으로 봤을 때 ❺ _____ 생각이 들었다.

–아/어/여 오다

1 〈보기〉와 같이 이야기한 후에 쓰세요.

> 보기
>
> 가: 어떡하지? 표가 다 팔려서 공연 티켓을 구하지 못했어.
>
> 나: 빨리 예매를 했어야지. 1년 동안 전회 매진을 <u>기록해 온</u> 공연이잖아.

❶ 가: 저 가수 노래 진짜 잘한다. 누군지 아니?

　　나: '단비'야. 가창력이 뛰어나서 음악계에선 오래 전부터 인정을 _____ 가수야.

❷ 가: 벌써 5년 동안이나 공연을 성공적으로 _____ 비결이 뭐라고 생각하십니까?

　　나: 스토리도 좋았지만 연출자와 배우 간의 호흡이 잘 맞았기 때문이라고 생각합니다.

❸ 가: 오랫동안 최고의 여배우라는 말을 _____ 배우가 왜 저렇게 연기를 못하지?

　　나: 자기와 어울리지 않는 배역을 맡은 게 문제였던 것 같아.

❹ 가: 오늘 너 기운이 좀 없어 보인다. 무슨 일 있어?

　　나: 대학 생활 내내 친하게 _____ 친구가 자기 나라로 돌아갔거든.

❺ 가: 김 선생님께서 돌아가셨다니 믿어지지 않아. 제자들을 정말 사랑으로 키우셨는데.

　　나: 그래. 선생님은 평생 제자들을 사랑으로 _____ 분이셨지.

얼마나 –던지

1 〈보기〉와 같이 이야기한 후에 쓰세요.

> 보기
>
> 가 : 그 영화가 그렇게 재미있었어?
>
> 나 : 네, <u>얼마나 재미있던지</u> 배가 아파 죽을 뻔했어요.

❶ 가 : 영화 어땠어? 나는 정말 지루해서 죽는 줄 알았어.

　　나 : 나도 그랬어. ＿＿＿＿＿＿＿＿ 하품밖에 안 나오더라.

❷ 가 : 사람들이 그 영화 슬프다고 하던데 어땠어요?

　　나 : 네, ＿＿＿＿＿＿＿＿ 보는 내내 울었어요.

❸ 가 : 그 공연 감동적이라고 하던데 실제 보니까 정말 그랬어요?

　　나 : 네, ＿＿＿＿＿＿＿＿ 관객들이 모두 기립 박수를 보냈다니까요.

❹ 가 : 3D 영화를 본 건 이번이 처음인데, 정말 실감 나더라.

　　나 : 그래. ＿＿＿＿＿＿＿＿ 진짜 30층 건물에서 떨어지는 것 같았어.

❺ 가 : 지난주에 꽃 박람회 구경 갔었는데 사람이 ＿＿＿＿＿＿＿＿
　　　　사람 구경만 하고 왔어요.

　　나 : 아유, 고생했겠네요. 저도 그 박람회 가려다가 사람이 많다고 해서
　　　　안 갔어요.

❻ 가 : 유람선에서 보는 한강의 야경이 그렇게 환상적이라면서?

　　나 : 응, 나 지난주에 타 봤는데 ＿＿＿＿＿＿＿＿ 감탄사가 저절로
　　　　나오더라.

✏️ –나 마나

1 〈보기〉와 같이 이야기한 후에 쓰세요.

> **보기**
> 가 : '플라워' 콘서트 평이 참 좋던데, 나하고 같이 보러 가지 않을래?
>
> 나 : **보나 마나** 사람 엄청 많을 텐데. 나 사람 많은 거 별로 안 좋아하잖아.

❶ 가 : 이번에 시립문화회관에서 러시아 발레단의 공연이 있다던데 혹시 관심 있어?

　　나 : 발레라면 대사도 없고 ＿＿＿＿＿＿＿ 지루할 것 같은데?

❷ 가 : 이거 봐. 마술 공연이래. 재미있지 않을까? 보고 싶다.

　　나 : 마술이라고? ＿＿＿＿＿＿＿ 유치할 텐데, 그것 말고 다른 공연은 없어?

❸ 가 : '위험한 도시' 8일에 개봉한대. 정동민이 나오는 영화는 안 볼 수 없지.

　　나 : 정동민? 그러면 ＿＿＿＿＿＿＿ 내용이 뻔할 거야. 뭐 하러 봐.

❹ 가 : 다음 주가 시험이라면서 그렇게 매일 놀면 어떻게 하니?

　　나 : ＿＿＿＿＿＿＿ 결과는 뻔할 텐데. 그냥 마음 편하게 놀래.

❺ 가 : 이번 프로젝트에 박 대리도 참여시켰으면 좋겠는데 과장님께서 한번 물어봐 주실래요?

　　나 : 박 대리는 ＿＿＿＿＿＿＿ 당연히 한다고 할 거야.

❻ 가 : 그렇게 좋으면 혼자 끙끙 앓지 말고 용기 내서 고백해 봐.

　　나 : ＿＿＿＿＿＿＿ 분명히 거절 당할 거야. 그냥 이러고 살래.

말하기 연습

1 다음을 이야기한 후에 쓰세요.

1) 가 : 이 연극 기대 이상이네요. 코미디 연극이라고 해서

　　　 _____ 내용이 뻔할 거라고 생각했거든요.

　　나 : 그랬지요? 저도 별로 기대 안 하고 봤는데 정말 재미있었어요.

　　가 : 맞아요. _____ 보는 내내 배꼽이 빠지게 웃었어요.

　　나 : 재미있을 뿐만 아니라 구성도 참 탄탄했던 것 같아요.

　　가 : 배우들도요, 자기가 맡은 _____ 정말 연극에

　　　 빠져들게 하더라고요.

　　나 : 특히 주인공의 망가지는 연기는 압권이었어요.

2) 가 : 와, 정말 환상적인 무대였어. 두 시간이 어떻게 지나갔는지 모르겠다.

　　나 : 그래? 나는 지루해서 계속 _____

　　가 : 어떻게 이런 공연을 보면서 하품이 나올 수 있어? 배우들의 가창력도

　　　 뛰어나고 춤도 화려해서 나는 눈을 뗄 수가 없었는데?

　　나 : 그런 면이 있기는 하지만 뮤지컬도 연극인데 내용이 너무

　　　 _____. 결말이 너무 뻔했잖아.

　　가 : 뮤지컬은 뭐니 뭐니 해도 다양한 볼거리가 있어야지. 그러니까 1년

　　　 도 넘게 이 공연이 전회 매진을 _____ 거 아니겠어?

　　나 : 나는 아무리 그래도 더 참신했으면 좋았을 것 같아.

　　가 : 그러고 보면 너하고 나는 취향이 참 다른 것 같아. 다음에는 네가

　　　 마음에 드는 걸로 보러 가자.

1 다음은 공연에 대한 기사입니다. 잘 읽고 질문에 답하세요.

> ### 뮤지컬 '사랑을 위하여' 관심과 기대 속에 막 올라
>
> 지난 24일, 김기석 연출의 뮤지컬 '사랑을 위하여'가 드디어 막을 올렸다. '사랑을 위하여'는 관객이 참여할 수 있는 새로운 형식의 작품으로 그동안 화제가 되어 온 작품이다.
>
> 남편과 아내의 시끄러운 부부 싸움으로 시작되는 뮤지컬은 상영 시간 내내 관객들의 배꼽을 빠지게 했다. 화려하고 볼거리가 많은 춤과 무대, 배우들의 가창력과 연기력도 2시간 내내 관객들의 마음을 사로잡기에 충분했다.
>
> 그렇지만 아쉬운 점도 있었다. 그동안 기대를 모아 왔던 새로운 형식의 구성은 기대에 못 미쳤다는 평이다. 구성이 약간 산만해서 전체적으로 긴장감이 떨어졌다. 관객이 참여하는 형식으로 이야기를 구성하려다 보니 다소 ㉠어수선하게 되어 버렸다. 마지막 장면도 좀 아쉽다는 평이다. 아이디어는 좋았지만 현실성이 떨어졌기 때문이다.
>
> 하지만 전체적으로는 무난한 작품이다. 5월말까지 상연하므로 재미있고 화려한 무대를 원하는 관객이라면 찾아볼 만하다.

1) 이 글을 쓴 목적은 무엇입니까?

2) 뮤지컬 '사랑을 위하여'에 대한 호평이 <u>아닌</u> 것은 무엇입니까?

❶ 이 작품은 매우 재미있다.

❷ 이 작품의 구성은 매우 치밀하다.

❸ 이 작품은 화려하고 볼거리가 많다.

❹ 이 작품에 나오는 배우들이 노래를 잘한다.

3) 밑줄 친 ㉠과 의미가 비슷한 단어를 위에서 찾아 쓰세요.

쓰기 연습

1 다음은 유코 씨의 수첩입니다. 수첩의 메모를 보고 유코 씨가 되어 감상문을
써 보세요.

우리 시네마
(www.wrcine.co.kr)
7,000원
결제방법 : 카드

■ 외딴집의 비밀
■ 2010년 5월 10일 (금) 5회 18:30
■ 3관 L열 6번

1234567890

• 실화를 바탕으로 한 공포 영화, 시골의 외딴집에서 일어나는
  살인 사건
• 의외의 사람이 범인으로 밝혀지는 마지막 장면 최고!!
• 배우들의 완벽한 연기, 치밀한 구성 → 긴장감 ★★★★★
  공포감을 높이는 음향효과, 온몸에 소름 돋음 ★★★★★

1) 이 영화의 제목과 장르는 무엇인지 메모해 보세요.

2) 영화의 줄거리는 무엇입니까? 가장 마음에 들었던 장면은 무엇입니까?
   메모해 보세요.

3) 영화에 대한 유코 씨의 평가는 어떻습니까? 메모해 보세요.

4) 위에서 메모한 내용을 바탕으로 유코 씨가 되어 영화 감상문을 써 보세요.

   지난 금요일에 영화 '외딴집의 비밀'을 보기 위해 친구와 함께 극장을

   찾았다.

제12과 교육

학습 목표
교육 제도와 그 문제점에 대해 설명하고 분석하여 발표할 수 있다.

주제	교육
기능	교육에 대해 이야기하기
	교육과 관련된 도표 설명하기
	관련 자료를 인용해서 이야기하기
연습	말하기 : 학교 교육에 대해 묻고 답하기
	교육 관련 기사 발표하기
	읽기 : 새로운 형태의 학교를 소개하는 글 읽기
	쓰기 : 교육과 관련된 도표를 설명하는 글 쓰기
어휘	학교, 현황 진술, 증감 추세
문법	−(으)려면, −(이)란 −을/를 말한다, −에 따르면

제12과 **교육**

어휘와 표현

1 그림을 보고 알맞은 말을 연결하세요.

❶

· ⓐ 과학 고등학교

❷

· ⓑ 정보 고등학교

❸

· ⓒ 예술 고등학교

❹

· ⓓ 대안 학교

❺

· ⓔ 외국어 고등학교

❻

· ⓕ 기술 전문학교

2 〈보기〉에서 알맞은 말을 찾아 쓰세요.

> **보기**
>
> 미치지 못하다   감소하다   증가하다   떨어지다   급증하다

　점점 낮아지는 출산율로 인해 초등학교에 입학하는 학생들의 수가 꾸준히 ❶ _____ 처음으로 교사 1인당 학생수가 20명 아래로 ❷ _____ 현상이 나타났다. 이는 초등학생이 가장 많았던 해의 학생 수와 비교하면 절반에도 ❸ _____ 숫자이다. 이로 인해 한 학급당 학생 수가 줄어들어 좀 더 수준 높은 교육을 받을 수 있다는 긍정적인 결과가 생길 수 있다. 하지만 초등학교 교사를 희망하는 교대 졸업생은 계속 ❹ _____ 비해 필요한 교사의 수는 급속도로 줄어든다는 점에서 교사가 되기 위한 경쟁률이 ❺ _____ 부정적인 결과도 나타날 수 있다.

–(으)려면

1 〈보기〉와 같이 이야기한 후에 쓰세요.

> **보기**
>
> 가 : 정보 고등학교에 **입학하려면** 컴퓨터 실력이 좋아야 합니까?
> 나 : 아니요. 그럴 필요는 없고 입학한 후에 열심히 배우면 됩니다.

❶ 가 : 대학에서 실용 음악을 _____ 고등학교 때부터 음악 학교
에 다녀야 하나요?

나 : 아니요. 일반 고등학교에서 공부하다가 지원해도 상관 없습니다.

❷ 가 : 외국어 장학금을 _____ 외국어 고등학교를 졸업해야 해요?

나 : 꼭 그런 건 아니지만, 아무래도 유리하겠죠.

❸ 가 : 저는 우리 아이를 대안 학교에 보내고 싶은데 어떻게 생각하세요?

나 : 아이를 대안 학교에 _____ 부모가 그 학교의 교육 정책을
충분히 이해해야 해요.

❹ 가 : 조기 유학 때문에 부모님과 떨어져 지내는 건 별로 안 좋은 것 같아.

나 : 글쎄. 외국 생활의 경험을 _____ 그 정도는 참으면서
독립심을 키우는 것도 필요한 것 같은데.

❺ 가 : 불고기를 맛있게 _____ 어떻게 해야 합니까?

나 : 우선 신선한 고기를 골라야 하고 양념에 배를 넣으면 더 좋아요.

❻ 가 : 의대에 다니느라 바쁠 텐데 책을 참 자주 읽으시네요.

나 : 네. 존경 받는 의사가 _____ 먼저 사람에 대한 이해가
필요하니까요.

🖊 –(이)란 –을/를 말한다

1 〈보기〉와 같이 이야기한 후에 쓰세요.

> **보기**
> 가: 얼마 전에 남녀 공학이라는 말을 들었는데 그게 뭐예요?
> 나: **남녀 공학이란** 남자와 여자가 같은 학교나 반에서 교육 받는
> 방식을 **말합니다.**

❶ 가: 오늘 뉴스에서 공교육이란 말을 들었는데 그게 무슨 말이에요?

　 나: ＿＿＿＿＿＿＿＿＿＿ 개인이 아니라 국가에서 관리하는 교육을

　　 ＿＿＿＿＿＿＿＿＿＿

❷ 가: 요즘 직업 학교에 진학하는 학생들이 많아졌다던데 어떤 곳이죠?

　 나: ＿＿＿＿＿＿＿＿＿＿ 직업인을 키우기 위해 특별히 만든 학교를

　　 ＿＿＿＿＿＿＿＿＿＿

❸ 가: 아까 선생님께서 의무 교육이란 말씀을 하시던데 그게 뭐예요?

　 나: ＿＿＿＿＿＿＿＿＿＿ 일정한 나이가 되면 교육을 받도록 국가가

　　 법으로 정한 교육을 ＿＿＿＿＿＿＿＿＿＿

❹ 가: 대안 학교는 일반 학교랑 많이 다르다던데 대안 학교가 뭔가요?

　 나: ＿＿＿＿＿＿＿＿＿＿ 일반 학교의 문제점을 해결하기 위해 학습자

　　 중심으로 프로그램을 운영하는 학교를 ＿＿＿＿＿＿＿＿＿＿

❺ 가: 한국 학생들은 밤에 자율 학습이라는 걸 한다는데 그게 뭔가요?

　 나: ＿＿＿＿＿＿＿＿＿＿ 중학교나 고등학교에서 학교 수업이 끝나고

　　 따로 남아서 스스로 공부하는 것을 ＿＿＿＿＿＿＿＿＿＿

❻ 가: 요즘 초등학생들이 특기 적성 수업을 많이 신청한다던데 그게
　　 뭐예요?

　 나: ＿＿＿＿＿＿＿＿＿＿ 학교 수업이 끝나고 악기나 컴퓨터 등을

　　 학교에서 따로 가르쳐 주는 것을 ＿＿＿＿＿＿＿＿

✏️ ―에 따르면

1. 〈보기〉와 같이 이야기한 후에 쓰세요.

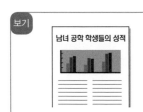
통계 자료에 따르면, 남녀 공학을 다니는 학생들의 성적이 남학교나 여학교에 비해 떨어진다고 합니다.

❶
_____, 최근 학교를 그만두는 학생들의 숫자가 매년 증가한다고 합니다.

❷
_____, 이번 달 15일부터 30일까지 15일간 입학 원서 접수를 받는다고 합니다.

❸
_____, 최근 교육 방송을 시청하며 공부하는 학생의 숫자가 늘어난 것으로 나타났습니다.

❹
_____, 일반 시민들 사이에서는 외국어 고등학교를 없애지 말자는 여론이 더 높은 것으로 드러났습니다.

❺
_____, 부모의 학력이 높을수록 아동의 학습 능력도 높아진다고 합니다.

말하기 연습

1 다음을 이야기한 후에 쓰세요.

1) 가 : 세영 씨는 어떤 고등학교를 다녔어요?

　나 : 저는 어렸을 때부터 무용을 아주 좋아해서 ＿＿＿＿＿＿＿＿＿＿
　　　　들어갔어요.

　가 : 아, 그랬어요? 그래서 세영 씨 춤 솜씨가 그렇게 대단했군요. 그런데
　　　　그 학교에는 무용 말고 다른 걸 배우는 학생들도 있었어요?

　나 : 그럼요. 음악이나 미술을 전공하는 친구들도 있었죠.

　가 : 그러면 예술 고등학교에서는 음악이나 미술 같은 전공과목만 잘하면
　　　　되나요?

　나 : 아니요. 그럼 졸업을 못하죠. 학교를 ＿＿＿＿＿＿＿＿＿＿＿ 자기
　　　　전공뿐 아니라 다른 고등학교 학생들처럼 일반 과목 성적도 좋아야
　　　　돼요.

2) 국제고를 포함한 외국어 고등학교의 수가 1992년에는 11곳이었는데
　　2006년에는 31곳으로 늘어나 3배 가까이 ＿＿＿＿＿＿＿＿＿＿.
　　이것은 외국어 고등학교 졸업생들이 일반 고등학교 졸업생들보다
　　대학교 입학시험에서 높은 ＿＿＿＿＿＿＿＿＿＿ 것이 원인인 것으로
　　보입니다. 이에 대해 우려하는 사람들은
　　＿＿＿＿＿＿＿＿＿＿ 말 그대로 외국어
　　인재를 키우는 학교를 ＿＿＿＿＿＿＿＿＿＿
　　것인 만큼 본래의 목적에 충실해야 한다고
　　지적하고 있습니다.

외국어고 수 (국제고 포함)

31곳
23곳
11곳
1992년　2004년　2006년

자료:교육인적자원부

1 다음은 새로운 유형의 학교를 소개하는 글입니다. 다음을 잘 읽고 질문에 답하세요.

> 예전에는 고등학교의 종류가 인문계 고등학교와 실업계 고등학교 두 가지밖에 없었는데, 최근에는 다양한 유형의 고등학교가 등장하여 학생들의 학교 선택의 폭이 넓어졌다.
> 이처럼 다양해진 학교 유형 중에서 유난히 관심을 끄는 것이 있는데 바로 특성화 고등학교이다. 특성화 고등학교란 새로운 실업 인력을 키울 목적으로 만들어진 학교를 말한다. 예를 들면, '서울 로봇고', '한국 애니메이션고', 그리고 '해운대 관광고'처럼 이름만 들어도 학생들이 흥미로워 할 전문적 지식을 가르치는 학교라는 것을 알 수 있다. 자동화 로봇을 만드는 기술을 배운다거나 만화 창작을 전공하는 것은 예전의 시각으로 보면 공부가 아니라 노는 것이었지만 지금은 정식 수업으로 인기를 얻고 있다.
> 늘어나는 학생들의 지원율이 말해 주듯, 이러한 특성화 고등학교가 인기를 끄는 데에는 이유가 있다. 무엇보다도 학생들 스스로가 자신이 정말 하고 싶은 공부를 할 수 있다는 점이다. 또한 졸업 후에 대학에 진학하거나 직장에 취직하는 것도 훨씬 쉽고 빠르다는 인식 때문인 것으로 밝혀졌다. 이와 같은 학교의 등장이 그동안 획일적인 교육을 받아 온 학생들에게 새로운 교육의 길을 열어 주는 긍정적 사례로 자리 잡기를 바란다.

1) 위 글에서 언급하고 있는 것은 무엇인지 모두 표시하세요.

   ☐ 특성화 고등학교의 예   ☐ 특성화 고등학교의 한계

   ☐ 특성화 고등학교의 교육 내용   ☐ 특성화 고등학교의 지원 조건

2) 위 글에서 특성화 고등학교의 인기 비결로 꼽은 두 가지 이유는

   무엇입니까?

   (1) _____

   (2) _____

3) 위 글에 나온 특성화 고등학교는 어떤 학교라고 정의할 수 있을까요?

   특성화 고등학교란 _____ 말한다.

1 다음은 한국의 교육 상황 중 일부를 보여 주는 도표입니다. 도표를 잘 보고
A 사이버 대학의 현황을 분석하는 글을 써 봅시다.

〈A 사이버 대학 학생 수〉

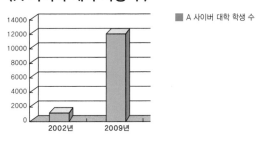

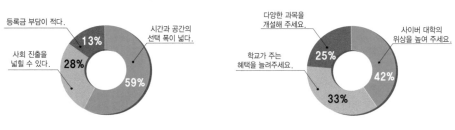

〈A 사이버 대학 교육의 장점〉　　　**〈A 사이버 대학 학생들의 요구 사항〉**

1) 이 사이버 대학에 지원하는 학생들의 증감 추세는 어떠한지 메모해
   보세요.

2) 이 사이버 대학의 지원자 수가 증가한 원인은 무엇인지 메모해 보세요.

3) 학생들의 요구 사항을 통해 앞으로 이 사이버 대학은 어떤 방향으로
   개선될지 메모해 보세요.

4) 위에서 메모한 내용을 바탕으로 A 사이버 대학의 현황을 분석하는 글을
   써 보세요.

제13과 환경

학습 목표
환경 문제에 대해 토의를 할 수 있다.

주제	환경
기능	환경 문제에 대해 이야기하기
	환경 문제에 대해 토의하기
연습	말하기 : 환경 문제에 대해 묻고 답하기
	읽기 : 친환경 건물에 대한 신문 기사 읽기
	쓰기 : 환경 보호 방안에 대한 글 쓰기
어휘	환경과 오염, 환경 오염의 결과, 환경 오염의 대책
문법	−(으)면서, −마저, −았/었/였더라면

제13과 **환경**

1 그림을 보고 알맞은 말을 연결하세요.

➊  •-------------------• ⓐ 공해

➋  • • ⓑ 수질 오염

➌  • • ⓒ 토양 오염

➍  • • ⓓ 대기 오염

➎  • • ⓔ 기상 이변

➏  • • ⓕ 해수면 상승

2 〈보기〉에서 알맞은 말을 찾아 쓰세요.

> 보기
> 에너지를 절약하다   일회용품 사용을 줄이다
> 쓰레기를 분리하다   대체 에너지를 개발하다
> 친환경 제품을 개발하다   전기 코드를 뽑아 놓다

❶ 가 : 동호 씨는 환경 보호를 위해 특별히 실천하는 일이 있으세요?

  나 : 그럼요. 집에 있을 때 사용하지 않는 가전제품은 꼭 _____

❷ 가 : 이 사무실은 너무 더운 것 같아요. 냉방 시설을 사용하지 않나 봐요?

  나 : 사용하긴 하는데, 요즘 회사 전체가 _____ 위해

  최대한 사용을 줄이고 있거든요.

❸ 가 : 저는 한국에 와서 모든 사람들이 _____ 것을 보고

  참 많이 놀랐어요.

  나 : 그렇죠? 저도 이제는 비닐, 종이, 플라스틱 등을 아주 잘 구분해서

  버려요.

❹ 가 : 원래 새 아파트에 들어가면 냄새가 많이 나던데 여긴 안 그러네.

  나 : 요즘은 건설사가 대부분 _____ 쓰기 때문에 새

  아파트여도 그런 냄새가 안 나.

❺ 가 : 요즘 기업들은 환경 보호를 위해 어떤 노력을 하고 있습니까?

  나 : 기존 에너지는 이미 부족하기 때문에 대신할 수 있는

  _____ 위해 최선을 다하고 있습니다.

❻ 가 : 환경 오염을 방지하기 위해 쉽게 실천할 수 있는 일은 뭘까요?

  나 : 무엇보다도 일상생활에서 _____ 물건을 한 번

  쓰고 버리는 습관부터 바꾸는 것이겠지요.

3 〈보기〉에서 알맞은 말을 찾아 쓰세요.

> 보기
>
> 자원을 재활용하다   이산화탄소의 배출을 줄이다
> 오존층의 파괴   산성비   지구 온난화

최근 전 세계적으로 환경 문제가 심각해지면서 지구의 기온이 올라가는
❶ _____ 문제나 해로운 자외선이 지구로 들어오는 것을 막는
❷ _____ 문제가 자주 발생한다. 또 ❸ _____ 때문에
비가 오는 날씨에는 외출을 삼가는 경우도 있다. 이러한 환경 문제를 해결
하기 위해서는 근본적인 대책을 세우는 것도 필요하지만 생활 속의 작은
노력도 도움이 될 수 있다. 예를 들어 한 번 사용했던 종이나 플라스틱 같
은 ❹ _____ 방법이나 자동차보다는 자전거를 이용하여 출퇴근
함으로써 ❺ _____ 방법을 생각해 볼 수 있다.

✏️ **-(으)면서**

1 〈보기〉와 같이 이야기한 후에 쓰세요.

> 보기
>
> 가 : 요즘에는 매연 때문에 꼭 마스크를 쓰고 나가야 돼요.
>
> 나 : 맞아요. 그런데 저는 그게 해로운 걸 **알면서** 자꾸 까먹어요.

❶ 가 : 민수 씨, 아토피라더니 왜 자꾸 인스턴트 식품을 먹어요?

　　나 : 그러게요. 먹지 말라는 이야기를 그렇게 _____

　　　　못 끊겠어요.

❷ 가 : 일회용 젓가락은 편하긴 한데 한 번 쓰고 버리기 좀 아까워요.

　　나 : 그게 다 환경을 파괴한다는 걸 _____ 편하니까 자꾸

　　　　쓰게 되네요.

❸ 가 : 우리 부모님께서는 건강을 위해 시골로 이사를 가셨어요.

　　나 : 저는 시골에서 사는 게 건강에는 좋겠다고 _____

　　　　막상 도시를 못 떠나요.

❹ 가 : 여기 너무 춥다. 냉방을 필요 이상으로 하는 거 아냐?

　　나 : 맞아. 에너지 절약 광고를 늘 _____ 참 실천은 못해.

❺ 가 : 저 사람은 직업이 _____ 노래를 어떻게 저렇게 못 해?

　　나 : 요즘에는 춤만 잘 춰도 얼마든지 가수가 될 수 있거든.

❻ 가 : 우리 과장님은 자기는 일을 하나도 안 _____ 맨날

　　　　아랫사람만 시켜.

　　나 : 그러게 말이야. 난 과장님의 그런 면이 너무 싫어.

✏️ -마저

1 〈보기〉와 같이 이야기한 후에 쓰세요.

> **보기**
> 가: 우리가 매일 먹는 <u>쌀마저</u> 농약 때문에 안전하지 않대요.
> 나: 정말이요? 아무리 열심히 씻어도 남을 텐데.

❶ 가: 언제나 원하는 만큼 쓸 수 있다고 생각했던 _____ 이제
　　　부족하대요.

　　나: 네. 게다가 물은 다른 것으로 대체할 수도 없으니 더 큰 문제죠.

❷ 가: 여기 공기가 예전만 못하다. 전에는 정말 깨끗했는데.

　　나: 이런 시골의 _____ 오염이 되었나 보다. 이거 참 큰일이네.

❸ 가: 오늘은 산성비가 내린다니까 우산 챙기는 것 잊지 마.

　　나: 내리는 _____ 그냥 맞을 수 없는 세상이 되다니 좀 슬프다.

❹ 가: 요즘 마트에서 손 소독제 같은 개인 위생 제품이 아주 많이 팔린대요.

　　나: 옛날에는 상상도 못한 그런 _____ 만들어야 하는 세상이
　　　되었군요.

❺ 가: 요즘에는 휴대 전화 없는 사람들이 없더라.

　　나: 그래. 중학생은 물론이고 초등학교 _____ 대부분 휴대
　　　전화를 가지고 있대.

❻ 가: 어제는 어머님 뵙고 왔다면서요? 잘 계세요?

　　나: 하나 남은 _____ 시집을 보내셔서 그런지 많이 외로워
　　　보이셨어요.

–았/었/더라면

1 〈보기〉와 같이 이야기한 후에 쓰세요.

> **보기**
>
> 가 : 교수님은 학교에서 시행하는 에너지 절약 운동에 대해
>   어떻게 생각하십니까?
> 나 : 지금이라도 시작한 것이 다행이긴 하지만, 좀 더 일찍
>   <u>**시작했더라면**</u> 좋았을 것 같습니다.

❶ 가 : 이번에 우리 지역에도 생활 폐수를 처리하는 정화 시설이 생긴대요.

　 나 : 진작에 그런 시설을 ＿＿＿＿＿＿＿＿ 좋았겠지만 지금이라도
　　　 생긴다니 다행이네요.

❷ 가 : 기숙사 쓰레기장의 악취가 너무 심해서 당분간 사용을 못하게 한대.

　 나 : 그래? 우리가 좀 더 신경을 써서 ＿＿＿＿＿＿＿＿ 좋았을 텐데.

❸ 가 : 저는 대기 오염을 막기 위해 정부가 좀 더 적극적으로 나서야 한다고
　　　 생각해요.

　 나 : 맞아요. 정부가 좀 더 근본적인 대책을 ＿＿＿＿＿＿＿＿
　　　 이 정도로 오염이 심각해지지 않았을 것 같아요.

❹ 가 : 민수가 라면을 완전히 끊었다며? 참 잘했다.

　 나 : 그러게. 좀 더 일찍 ＿＿＿＿＿＿＿＿ 알레르기 때문에 그렇게
　　　 고생하지는 않았을 텐데.

❺ 가 : 너 기말 보고서 아직 제출 못 했어? 점수 깎일 텐데 어떡해?

　 나 : 응. 미리 미리 ＿＿＿＿＿＿＿＿ 이런 일은 없었을 텐데,
　　　 내 책임이지 뭐.

❻ 가 : 김 대리님, 이번 무료 건강 검진 서비스요, 신청하셨어요?

　 나 : 어? 그거 몰랐는데. ＿＿＿＿＿＿＿＿ 당연히 신청했겠지.
　　　 지금 해도 되지?

1 다음을 이야기한 후에 쓰세요.

1) 가 : 요즘 뉴스 보니까 수질 오염이 정말 심각하더라.

나 : 공장에서 폐수를 정화하는 _____ 않아서 그런 거

아닐까?

가 : 그게 아니래. 오히려 우리가 흘려 보내는 생활 폐수가 주범이래.

세제 같은 것을 너무 많이 사용해서 강물이 다 오염되는 거라고

하더라.

나 : 그래? 그러다가 나중에는 그 흔한 _____ 마음 놓고

마실 수 없게 되는 거 아니야?

2) 가 : 환경 오염을 줄이기 위해서는 종이컵 같은 _____

줄이는 것이 중요하다는 것은 모두 잘 알고 있습니다. 하지만 문제는

사람들이 그 중요성은 잘 _____ 실천을 하지 않는다는

것이지요. 그래서 일회용품 사용을 억제할 수 있는 확실한 대책이

마련되어야 한다고 생각해요.

나 : 제 생각은 좀 다른데요. 물론 진작 그런 대책이 _____

좋았겠지요. 하지만 그렇지 않은 상황에서 무조건 기다리기만 하기

보다는 우리 스스로 조금씩이라도 실천에 옮기는 것이 필요하다고

생각해요.

다 : 저도 그 의견에 동의해요. 결국 변화를 가져 오는 것은 개인의 의지와

노력이니까요.

1 다음은 '녹색 건물'을 소개하는 신문 기사입니다. 잘 읽고 질문에 답하세요.

≡ NEWS ▮

'녹색 건물'이 뜨고 있다

　최근 '녹색 산업' 혹은 '친환경 산업'과 같은 주제가 언론의 관심을 받고 있는 가운데, 미국의 어느 건축 협회에서는 새로운 제도를 개발하였다. 한 해에 지어진 모든 건물을 대상으로 친환경적인 방식으로 디자인하고 건축한 건물에 대해 '녹색 건물'이라는 이름을 붙여 주기로 한 것이다. 그리고 한 해 동안 최고의 점수를 받은 건물은 '올해의 녹색 건물상'을 받게 된다.

　그렇다면 구체적으로 이러한 '녹색 건물'은 어떻게 선정될까? 모든 건물에 대해 공통적으로 다음과 같은 항목들을 살펴본다고 한다.
　– 건물 공사 시 토양 혹은 수질 오염을 방지해야 한다.
　– 생활 폐수를 정화할 수 있는 시설을 설치해야 한다.
　– 효과적인 냉 · 난방 시스템을 갖춰야 한다.
　– 산업 폐기물을 분리 수거해야 한다.

　이러한 평가 기준에서 높은 점수를 받아 '녹색 건물'이라는 이름을 받은 건물들은 어떤 장점이 있을까? 이 건물들은 실제 건물을 유지하는 데에 들어가는 비용도 절감될 뿐 아니라 건축업계 내에서의 홍보 효과도 매우 높은 것으로 나타났다. 이러한 장점 때문에 많은 건축 기업들이 정부가 강요하지 않아도 자발적으로 이 이름을 받기 위해 노력한다고 한다.

1) '녹색 건물'이라는 이름은 어떤 건물에 붙여 주는 이름입니까?

2) '녹색 건물'을 선발할 때 평가 기준으로 소개되지 않은 것은 무엇입니까?

　❶ 폐수 정화 시설 마련　　　　❷ 공사 부지의 오염 방지

　❸ 냉 · 난방 시설 사용 억제　　❹ 산업 쓰레기의 효율적 수거

3) '녹색 건물'을 선정하는 제도가 가지는 효과를 써 보세요.

쓰기 연습

1 다음은 찰리 씨와 제인 씨가 환경 보호를 위해 실천하는 일들을 보여 주는
그림입니다. 두 사람 중 한 사람이 되어 자기가 선택한 실천 방법을 소개
하는 글을 써 보세요.

1) 찰리 씨는 환경 보호를 위해 어떤 일들을 하고 있으며 그 일들은 어떤

효과가 있을까요?

(1) 종이컵 대신 유리컵 사용하기

➡ 종이를 만드는 데 소비되는 나무를 아껴서 대기 오염을 줄일 수

있다.

(2)

➡

(3)

➡

2) 제인 씨는 환경 보호를 위해 어떤 일들을 하고 있으며 그 일들은 어떤 효과가 있을까요?

   (1) 재활용 비누 사용하기

     ➡ 일반 비누에 들어 있는 합성 첨가제를 줄여서 수질 오염을 막을 수 있다.

   (2)

     ➡

   (3)

     ➡

3) 찰리 씨와 제인 씨의 실천 방법은 어떠한 차이가 있다고 생각합니까?

4) 찰리 씨와 제인 씨의 방법 중 여러분이 선택한 실천 방법을 소개하고 그 방법이 환경 보호에 미치는 영향에 대해 써 보세요.

   나는 찰리 씨와 제인 씨의 실천 방법이 모두 의미 있는 노력이라고

생각한다. 하지만

   예를 들어,

제14과 재난·재해

학습 목표
재해의 종류에 대하여 이야기하고 피해 상황과 심경에 대해 말할 수 있다.

주제	재난과 재해
기능	재해에 대해 이야기하기
	피해 상황 설명하기
	재난과 재해를 당한 심경 이야기하기
연습	말하기 : 재난·재해에 대해 묻고 답하기
	읽기 : 화재에 대한 기사 읽기
	쓰기 : 재해를 설명하는 기사 쓰기
어휘	자연 재해, 재해로 인한 피해, 피해에 대한 심경 및 행동
문법	─다니요, ─(으)ㄴ 나머지, ─자

제14과 재난 · 재해

1 그림을 보고 알맞은 말을 연결하세요.

❶

❷

❸

❹

❺

❻

· ⓐ 폭우가 쏟아지다

· ⓑ 화산이 폭발하다

· ⓒ 태풍이 불다

· ⓓ 지진이 나다

· ⓔ 해일이 밀려오다

· ⓕ 가뭄이 들다

2 〈보기〉에서 알맞은 말을 찾아 쓰세요.

> 보기
>
> 허망하다   절망적이다   충격적이다   안타깝다   실신하다

❶ 가 : 아침 뉴스 봤어요? 저는 그렇게 큰 산사태는 본 적이 없어서 정말
　　　놀랐어요.

　　나 : 맞아요. 정말 _____. 그렇게 순식간에 온 마을을 덮치다니.

❷ 가 : 땀 흘려 키운 농작물이 저렇게 우박 피해를 입으면, 정말 _____
　　　것 같아요.

　　나 : 맞아요. 너무 허무하고 앞길이 막막해서 한숨 밖에 나오지 않을 것
　　　같아요.

❸ 가 : 여객선 침몰로 남편을 잃었다는 그 분이요, 결국 정신을 잃으셨대요.

　　나 : 저도 인터넷에서 읽었어요. 제가 그 분이라도 _____ 것
　　　같아요.

❹ 가 : 저렇게 _____ 상황에서도 희망을 잃지 않은 건 가족의
　　　힘이겠지요?

　　나 : 그런가 봐요. 해일로 재산을 잃었지만 대신 가족들이 다시 뭉치게
　　　되었대요.

❺ 가 : 저런 재해가 일어났는데 도울 방법이 없다니 정말 _____

　　나 : 네, 저도 정말 가슴이 아프고 답답하네요.

3 그림을 보고 〈보기〉에서 알맞은 말을 찾아 쓰세요.

전소되다   강이 넘치다   가옥이 침수되다
농작물이 쓰러지다   도로가 끊기다   건물이 무너지다

❶
가 : 세상에, 집이 완전히 _____
나 : 바람이 너무 강해서 불길을 못 잡았대요.

❷
가 : 중부 지방은 밤새 폭우가 쏟아졌다면서요?
나 : 네. _____ 재산 피해가
　　있었대요.

❸
가 : 어떻게 저렇게 큰 _____
　　수 있지요?
나 : 정말 태풍의 힘을 실감하게 되네요.

❹
가 : 지진 피해가 정말 심각한 모양이에요.
나 : 그러게요. _____ 사상자가
　　많이 발생했던데요.

❺
가 : 피해를 입은 농부들은 정말 절망적일 것 같네요.
나 : 저렇게 많은 _____
　　상황에서 뭘 할 수 있겠어요?

❻
가 : 갑자기 이렇게 홍수가 나니까 교통이 완전히
　　마비가 되네요.
나 : 네. _____ 다리가 잠기는
　　바람에 서울은 완전히 교통 지옥이에요.

문법

–다니요

1 〈보기〉와 같이 이야기한 후에 쓰세요.

> **보기**
>
> 가: 어제 저녁에 남자 기숙사 건물에 화재가 났대요.
>
> 나: 네? **화재가 나다니요**. 그게 정말이에요?

❶ 가: 아침 뉴스 봤어? 지리산에 산불이 났던데.

　나: 네? ＿＿＿＿＿＿＿＿＿＿＿＿. 크게 났대요?

❷ 가: 아, 어떡하지요? 부모님이 계시는 고향에 지진이 났대요.

　나: ＿＿＿＿＿＿＿＿＿＿＿＿. 갑자기 그게 무슨 말이에요?

❸ 가: 아까 오면서 라디오를 들었는데 남해안에서 여객선이 침몰했다고
　　하더라고요.

　나: ＿＿＿＿＿＿＿＿＿＿＿＿. 언제요? 사람들은 괜찮대요?

❹ 가: 남부 지방은 가뭄이 들어서 사람들 마음 고생이 심한 것 같더라고요.

　나: ＿＿＿＿＿＿＿＿＿＿＿＿. 여름철에 가뭄이 든다는 말은 처음
　　들었어요.

❺ 가: 이 골목에는 유명한 낙지집이 많지만 저는 이 집 음식이 맵지 않아
　　좋아요.

　나: ＿＿＿＿＿＿＿＿＿＿＿＿. 저는 입에서 불이 나는 것 같아요.

❻ 가: 영진 씨는 정치나 경제 같은 데도 관심이 많은 것 같아요.

　나: 정치, 경제에 ＿＿＿＿＿＿＿＿＿＿＿＿. 저는 그런 방면에 상식이
　　부족해서 고민이에요.

–(으)ㄴ 나머지

1 〈보기〉와 같이 이야기한 후에 쓰세요.

> **보기**
> 가 : 퇴근길이라 길이 막혀서 소방차가 너무 늦게 도착했대요.
> 나 : 저도 들었는데 **소방차가 너무 늦게 도착한 나머지** 건물이 다 타 버렸대요.

❶ 가 : 서울하고 경기도 지역에 어제 밤새도록 폭우가 쏟아졌대요.

　　 나 : 맞아요. ＿＿＿＿＿＿＿＿＿ 한강 근처는 도로가 다 침수되었대요.

❷ 가 : 새벽부터 바람이 강하게 불어서 불길이 더 거세졌다면서요?

　　 나 : 네, ＿＿＿＿＿＿＿＿＿ 아직도 불을 완전히 끄지 못했대요.

❸ 가 : 어제 밤에 거의 2시간 동안 ＿＿＿＿＿＿＿＿＿ 우리 집은 창문까지 깨졌어요.

　　 나 : 우박이 2시간 동안 쏟아졌다니요. 그게 정말이에요?

❹ 가 : 진수 씨 고향에서는 지진으로 ＿＿＿＿＿＿＿＿＿ 다리까지 끊어졌대요.

　　 나 : 땅이 그렇게 심하게 흔들렸는데 뭔들 멀쩡했겠어요. 정말 큰일이네요.

❺ 가 : 린다 씨한테 사실대로 이야기해 줬어요? 놀라지 않았어요?

　　 나 : 너무 ＿＿＿＿＿＿＿＿＿ 아무 말도 못하고 멍하니 서 있더라고요.

❻ 가 : 오랜만에 여자 친구를 만나서 정말 반가웠겠어요.

　　 나 : 그럼요. 너무 ＿＿＿＿＿＿＿＿＿ 그 사람 많은 공항에서 뽀뽀까지 했다니까요.

✏️ −자

1 〈보기〉와 같이 이야기한 후에 쓰세요.

> **보기**
> 가: 5분도 안 되어서 2층까지 불이 번졌다던데요.
> 나: 네. <u>2층까지 불이 번지자</u> 사람들이 2층에서 막 뛰어내렸대요.

❶ 가: 그렇게 큰 산사태가 난 것치고 인명 피해는 아주 적네요.

　나: ＿＿＿＿＿＿＿＿＿＿＿ 교통경찰이 신속하게 통행을 금지시켰대요.

❷ 가: 피해가 그렇게 커졌는데 복구는 생각보다 빨리 되었네요.

　나: 네, ＿＿＿＿＿＿＿＿＿＿＿ 신속하게 재해 복구반이 만들어졌다고

　　하더라고요.

❸ 가: 예고도 없이 ＿＿＿＿＿＿＿＿＿＿＿ 사람들이 너무 당황한 나머지

　　높은 곳으로 피신을 했대요.

　나: 그렇게 갑자기 지진이 나면 저라도 그럴 것 같아요.

❹ 가: 한번도 경험하지 못한 ＿＿＿＿＿＿＿＿＿＿＿ 사람들이 어떻게

　　대처해야 하는지를 몰랐나 봐요.

　나: 그러게요. 그런 대형 사고가 발생하다니 믿을 수가 없네요.

❺ 가: 실수를 많이 한 걸 보니 발표 시간이 부족해서 마음이 급해졌었나

　　봐요.

　나: 네, ＿＿＿＿＿＿＿＿＿＿＿ 실수를 연발하게 되더라고요.

❻ 가: 정책이 바뀌게 된 건 아무래도 언론의 이목이 집중된 결과겠지요?

　나: 네. ＿＿＿＿＿＿＿＿＿＿＿ 정책을 변경하지 않을 수 없었대요.

말하기 연습

1 다음을 이야기한 후에 쓰세요.

1) 가 : 어제 남부 지방에 태풍이 상륙했대요.

나 : 네? 태풍이 _____. 그게 무슨 말이에요?

가 : 저도 잘 모르겠지만 기상 이변 같아요.

나 : 4월 달에 태풍이 오다니 정말 별일이 다 있네요.

2) 가 : 누가 저렇게 갑자기 산사태가 날 거라고 생각이나 했겠어요.

나 : 그러게요. 사람들이 너무 _____ 대피할 생각도

하지 못했대요.

가 : 저라도 놀라지 않을 수 없었을 것 같아요.

나 : 그래도 산사태가 _____ 구조대가 신속하게 현장에

도착해서 피해가 그렇게 크지는 않았다고 하더라고요.

3) 가 : 영진 씨, 오면서 들었는데 어디 지진이 났다면서요?

나 : 네. 남부 지방을 중심으로 _____. 땅이 10분간

심하게 흔들렸다고 들었어요.

다 : 그 정도가 아니라 다리하고 도로가 끊어진 곳도 있대요.

가 : 그러면 재산 피해도 문제지만 _____ 꽤 크겠어요.

나 : 그래도 지진의 규모에 비해서 다친 사람은 많지 않은가 봐요.

가 : 다행이네요. 하지만 그렇게 갑자기 재해를 당하면 정말 눈앞이

캄캄할 것 같아요.

다 : 그 이상이겠지요. 아까 뉴스를 보니까 어떤 사람은 정신을 잃고

_____.

가 : 저희가 도움을 줄 수 있는 방법이 있으면 좋겠네요.

읽기 연습

1 다음의 기사를 잘 읽고 질문에 답하세요.

> 지난밤, 서울 강서구에 위치한 모 고등학교 건물에 화재가 발생, 건물이 ㉠전소되고 교사 한 명이 화상을 입는 사고가 발생했다. 제보에 따르면 어젯밤 10시경, 학생들이 모두 하교한 상태의 신월동 모 고등학교에 갑작스러운 불길이 번지기 시작했다고 한다. 약 3분 후, 신고를 받은 강서 소방서 대원들이 현장에 도착했으나 강한 바람으로 불길이 너무 거세진 나머지 진화 작업에 실패했다.
>
> 서울 강서구청 재난과장 김 모 씨는 화재가 발생한 시간이 늦은 밤이었기 때문에 건물에 학생이나 교사 등 사람이 거의 없었다고 말했다. 다만 건물을 지키던 교사와 직원 3명 가운데 제때 대피를 하지 못한 이 모 교사만이 가벼운 화상을 입었다고 전했다.
>
> 한편 재산 피해의 규모는 상당한 것으로 밝혀졌는데 학교 건물이 완전히 불에 타고 화재가 학교 뒤 야산으로까지 번져 그 피해의 규모는 수억 원에 달할 것으로 예상된다. 경찰은 이 사고의 원인을 누전으로 추정하고 있으며 현장에 있던 직원 2명을 대상으로 정확한 원인을 조사하고 있다.

1) 이 기사에 알맞은 헤드라인을 쓰세요.

2) 밑줄 친 '㉠전소되고'와 같은 의미의 표현을 본문에서 찾아 쓰세요.

3) 읽은 내용과 같은 것을 고르세요.

❶ 이 화재의 원인은 학생들의 불장난으로 밝혀졌다.

❷ 화재가 늦은 시간에 발생하여 학생들이 다치지 않았다.

❸ 인명 피해와 재산 피해의 규모는 예상보다 크지 않았다.

❹ 소방차가 제때에 도착하여 진화 작업이 쉽게 이루어졌다.

1 다음 여러 신문의 헤드라인을 보고 이 재해를 설명하는 기사를 써 보세요.

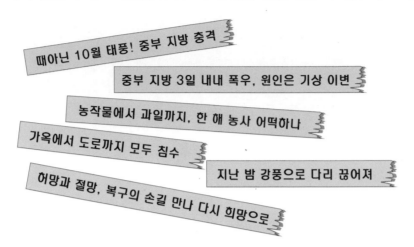

1) 어느 지역에 발생한 어떤 종류의 재해이며 왜 그런 재해가 발생했는지 메모해 보세요.

2) 피해 상황은 어떻습니까? 어떤 종류가 피해가 있었습니까? 메모해 보세요.

3) 피해 지역 주민들의 심정은 어떨 것이라고 생각하는지 메모해 보세요.

4) 위에서 정리한 내용을 잘 설명할 수 있는 헤드라인을 써 보세요.

5) 위에서 메모한 내용을 바탕으로 위의 재해에 대한 신문 기사를 써 보세요.

_____

_____

_____

_____

_____

제15과 컴퓨터 · 인터넷

학습 목표
컴퓨터 및 인터넷에 관련된 표현을 이해하고 사용상의 문제점을
이야기할 수 있다.

주제	컴퓨터와 인터넷
기능	컴퓨터와 인터넷 관련 문제 상황에 대해 이야기하기
	컴퓨터와 인터넷 관련 사용 방법과 절차 설명하기
	컴퓨터와 인터넷으로 인해 겪었던 곤란한 경험에 대해
	이야기하기
연습	말하기 : 컴퓨터와 인터넷 사용시의 문제 묻고 답하기
	읽기 : 컴퓨터 수리점에 대한 글 읽기
	쓰기 : 컴퓨터 수리에 대한 경험담 쓰기
어휘	인터넷 연결, 컴퓨터 용어, 컴퓨터의 사용 및 문제
문법	―ㄴ 대로, ―든지 ―든지, ―기만 하면

제15과 **컴퓨터 · 인터넷**

어휘와 표현

1 그림을 보고 〈보기〉에서 알맞은 말을 찾아 쓰세요.

> **보기**
>
> 압축하다   저장하다   복사하다   굽다   삭제하다

①

가 : 어떡해! 컴퓨터가 갑자기 꺼졌어요.

나 : 파일은 _____? 안 했으면 다 날아갔
을 텐데.

②

가 : 이 파일 꼭 보관해야 해요? 그냥 지워도 되지요?

나 : 아니요, _____ 마세요. 나중에
필요할 것 같아요.

③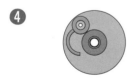

가 : 이 음악 파일 어떻게 줄까? 이메일로 보내줄까?

나 : 아니, 그냥 _____ 이동식 디스크에
넣어주세요.

④

가 : '바탕 화면'에 있는 파일 어떻게 할까요?

나 : 아, 그거요? CD로 _____. 제가
할 테니까 놔 두세요.

⑤

가 : 사진이 너무 많아서 하나씩 첨부하기 좀
어렵네요.

나 : 그러면 _____ 하나의 파일로 만들어
보내 주세요.

2 〈보기〉에서 알맞은 말을 찾아 쓰세요.

> 보기
>
> 동영상을 재생하다   시스템이 중단되다   신호가 잘 안 잡히다
> 바이러스를 체크하다   경고창이 뜨다   용량을 줄이다

　　나는 영화를 좋아해서 컴퓨터로 영화를 자주 본다. 그런데 오늘 영화를 보려고 ❶ _____ 갑자기 컴퓨터가 멈추었다. 혹시 뭔가에 감염되었나 걱정이 되어서 ❷ _____ 별다른 문제는 없었다. 동영상 파일이 너무 커서 그런가 해서 ❸ _____. 그렇지만 계속 그 영화만 재생하면 ❹ _____ 무슨 메시지를 보여주는 것이었다. 그냥 영화 보기를 포기하고 인터넷을 하려고 했는데 이번에는 무선 인터넷이 문제였다. 평소에는 잘 잡히던 ❺ _____ 게 아닌가. 무슨 문제인지 몰라서 이것저것을 클릭하는 데 갑자기 컴퓨터 화면이 꺼지면서 ❻ _____. 6년 동안 소중하게 사용해 온 내 컴퓨터. 이제는 작별의 인사를 할 때가 된 것일까?

3 〈보기〉에서 알맞은 말을 찾아 쓰세요.

> 보기
>
> 사내 아이디를 신청하다   인터넷 연결이 끊기다
> 아이디를 변경하다   인터넷 속도가 느리다
> 아이피를 받다   인터넷을 연결하다

❶ 가 : 죄송한데요, 여기에서 _____

　　나 : 네, 도서관에서는 어디에서나 인터넷에 접속하실 수 있습니다.

❷ 가 : 이상하네요. 자꾸 _____

　　나 : 계속 끊어지면 저기 안내 데스크에 가서 물어보세요.

❸ 가 : 여기는 원래 이렇게 _____

　　나 : 무선 인터넷이라서 그래요. 유선으로 접속하면 좀 빠를 거예요.

❹ 가 : _____ 싶은데 어떻게 해야 하는지 아세요?

　　나 : 여기에 있는 개인 정보 수정을 클릭해 보세요. 거기에서 바꿀 수
　　　　있어요.

❺ 가 : 회사 메일을 사용하려면 어떻게 해야 합니까? 제가 오늘 첫 출근이
　　　　라서요.

　　나 : 먼저 _____. 전산실에 문의하시면 신청
　　　　방법을 알려 줄 거예요.

❻ 가 : 제 기숙사 방에서 유선 인터넷 접속이 안 되는데요. 어떻게 해야
　　　　하지요?

　　나 : _____ 않으신 거 아니에요? 방마다
　　　　아이피가 정해져 있어서 따로 받아야 해요.

문법

✏️ **-ㄴ 대로**

1 〈보기〉와 같이 이야기한 후에 쓰세요.

> 보기
>
> 가 : 이 홈페이지에 글을 쓰려면 어떻게 해야 돼?
>
> 나 : 내가 설명해 줄 테니까 내가 <u>**설명하는** 대로</u> 따라 해 봐.

❶ 가 : 이 사진을 컴퓨터에 저장하려면 어떻게 해야 돼요?

　나 : 제 이야기를 잘 듣고 제가 _____ 해 보세요.

❷ 가 : 이 프로그램 어떻게 설치하는 건지 잘 모르겠다.

　나 : 사용 설명서에 써 있잖아. 거기 _____ 하면 될 거야.

❸ 가 : 프린터에 용지가 걸렸는데 도저히 안 빠지네요. 이럴 땐 어떻게

　　　하는지 좀 알려 주세요.

　나 : 제가 하는 거 잘 보시고 다음에는 제가 지금 _____

　　　해 보세요.

❹ 가 : 제가 알려 드린 방법을 따라서 해 보셨습니까?

　나 : 네, 기사님이 _____ 했더니 작동이 잘 되더라고요.

❺ 가 : 야, 그렇게 하지 말고 내가 _____ 해 봐.

　나 : 싫어. 나는 네가 시키는 일이나 하는 사람 아니야. 나도 생각이 있어.

❻ 가 : 어, 이거 내가 불러 준 번호하고 다른데. 잘못 쓴 거 아니야?

　나 : 그래? 네가 _____ 받아 쓴 건데 왜 틀렸을까?

✏️ –든지 –든지

1 〈보기〉와 같이 이야기한 후에 쓰세요.

> **보기**
>
> 유선을 사용하다
> 가: 무선 인터넷이 자꾸 끊어지는데 자리를 옮길까요?
> 나: <u>자리를 옮기든지 유선을 사용하든지</u> 해 보세요.

❶ 이메일로 첨부해서 주다

　　가: 아까 다운 받아 놓은 파일들은 인쇄해 드릴까요?

　　나: ＿＿＿＿＿＿＿＿＿＿＿ 편한 대로 하세요.

❷ 새 폴더를 만들어서 옮겨 두다

　　가: '바탕 화면'에 깔아 놓은 안 쓰는 파일들은 다 지워도 돼요?

　　나: ＿＿＿＿＿＿＿＿＿＿＿ 그냥 린다 씨가 좋을 대로 하세요.

❸ 프로그램을 다시 설치하다

　　가: 인터넷 창이 자꾸 저절로 닫히는데 바이러스를 체크해 볼까요?

　　나: ＿＿＿＿＿＿＿＿＿＿＿ 하는 것이 좋을 것 같네요.

❹ 우편으로 보내다

　　가: 이력서는 인사팀을 방문해서 제출하면 됩니까?

　　나: ＿＿＿＿＿＿＿＿＿＿＿ 하시면 됩니다.

❺ 말다

　　가: 만들어 준 건 고마운데 내 입맛에는 좀 안 맞는다. 이거 다 먹어야 돼?

　　나: ＿＿＿＿＿＿＿＿＿＿＿ 마음대로 해. 정성 들여 만든 내 마음도

　　　　모르고. 흥.

✏️ –기만 하면

1 〈보기〉와 같이 이야기한 후에 쓰세요.

> **보기**
> 가: 외장 하드를 연결했더니 다운이 되었다고요?
> 나: 네. <u>외장 하드를 연결하기만 하면</u> 자꾸 다운이 돼요.

❶ 가: 이메일에 사진을 첨부하면 이메일이 반송된다고요?

　나: 네. ＿＿＿＿＿＿＿＿＿ 그렇게 돼요.

❷ 가: ＿＿＿＿＿＿＿＿＿ 경고창이 뜨는데 무슨 문제가 있는 것

　　아닐까요?

　나: 컴퓨터를 켜면 항상 똑같은 경고창이 뜹니까?

❸ 가: ＿＿＿＿＿＿＿＿＿ 인터넷 창이 저절로 닫혀 버려요.

　나: 다른 사이트는 괜찮은데 이 사이트에 접속하면 그런 건가요?

❹ 가: 이동식 디스크를 넣을 때에만 그런 일이 생기는 겁니까?

　나: 네. 다른 때에는 멀쩡하다가 ＿＿＿＿＿＿＿＿＿ 꼭 시스템이

　　종료돼요.

❺ 가: 저렇게 만날 때마다 싸우면서 왜 둘이 사귀는 걸까?

　나: 내 말이 그 말이야. ＿＿＿＿＿＿＿＿＿ 싸우면서 또 만나고

　　싶을까?

❻ 가: 너 또 학교 오자 마자 자는 거야? 너는 왜 맨날 학교에

　　＿＿＿＿＿＿＿＿＿ 잠부터 자냐?

　나: 자는 거 아니야. 그냥 눈 감고 생각하는 거야.

말하기 연습

1 다음을 이야기한 후에 쓰세요.

1) 가 : 저기요, 여기 무선 인터넷 연결이 안 되나요?

　　나 : 아니요, 교내에서는 어디에서든지 ＿＿＿＿＿＿＿＿＿＿＿

　　가 : 아, 그래요? 이상하네요. 저는 안 돼서요.

　　나 : 혹시 학교 아이디 없으신 것 아니에요? 없으면 접속이 안 되거든요.

　　가 : 아, 없는데. 어디에서 아이디를 ＿＿＿＿＿＿＿＿＿＿＿

　　나 : 여기서 하실 수 있습니다. 이 서류를 작성해 주세요.

2) 가 : 있잖아요. 제가 컴퓨터를 잘 몰라서 그러는데요. 이 카메라에 있는

　　　　사진을 컴퓨터로 옮기려면 어떻게 해야 돼요?

　　나 : 아, 간단해요. 제가 설명해 드릴 테니까 ＿＿＿＿＿＿＿＿＿＿＿

　　　　따라 해 보세요. 자, 여기를 클릭해서 사진을 옮기거나 아니면

　　　　복사를 하면 돼요.

　　나 : 아, ＿＿＿＿＿＿＿＿＿＿＿ 둘 중 하나를 하면 되는군요.

　　가 : 네, 간단하지요? 그리고 보관하고 싶은 곳에 보관하면 되고요.

3) 가 : 아, 어떻게 하지? 갑자기 컴퓨터가 다운되었어.

　　나 : 갑자기? 작업하던 파일은 ＿＿＿＿＿＿＿＿＿＿＿

　　가 : 아니, 안 했어. 그러지 않아도 외장 하드에 저장하려고 했는데 다

　　　　날아가 버렸네.

　　나 : 꼭 저장을 안 했을 때 그런 일이 생기더라. 그런데 왜 그렇게 되었지?

　　가 : 요즘 내 컴퓨터가 이상해. ＿＿＿＿＿＿＿＿＿＿＿ 자꾸 다운이 돼.

　　나 : 그럼, 왜 외장 하드를 연결했어? 그냥 컴퓨터에 저장하지.

　　가 : 컴퓨터에 자꾸 오류가 생기니까 외장 하드에 하려고 했지.

1 다음은 신문 기사입니다. 잘 읽고 질문에 답하세요.

찾아가는 컴퓨터 수리점이 뜬다

이제는 각 가정마다 필수품이 되어 버린 컴퓨터. 많은 일을 컴퓨터에 의존하게 된 지금은 컴퓨터를 구입하는 것보다 구입 후 잘 유지하고 관리하는 것이 중요하다. 특히 보고서나 가족사진 등과 같이 소중한 자료가 갑작스러운 고장이나 바이러스로 손실된다면 그 손해는 돈으로 환산하기 쉽지 않다.

컴퓨터 수리나 복구 서비스가 속속 등장하고 있으나 고객들에게 컴퓨터 수리는 아직도 번거롭고 어려운 일이다. 최근에는 고객들이 원하면 언제 어디나 신속하게 달려가서 어떤 어려운 문제도 척척 해결해 주는 ㉠찾아가는 컴퓨터 수리점이 등장해 이러한 고객들의 불편을 해소해 주고 있다. 기존 A/S 센터는 컴퓨터나 노트북을 직접 들고 가야 하거나, 센터에 가서도 장시간 기다려야 하는 불편함이 있었다. 그러나 이러한 맞춤형 컴퓨터 수리점에서는 마치 컴퓨터를 판매하듯이 서비스를 판매한다.

'ㄱ 컴퓨터 수리점'의 대표인 민 씨의 경우 "저희는 고객이 어디에 있던 항시 방문하여 각종 컴퓨터 사용 관련 문제를 빠르고 완벽하게 처리하고 있어 고객들 만족도가 매우 높은 편"이라며 자신감 있게 말했다. 또 민 씨는 컴퓨터 수리를 끝내고 나면 간단한 컴퓨터 사용 및 관리에 대한 친절한 설명도 잊지 않는다고 덧붙였다. 컴퓨터의 발전 속도가 점점 빨라지고 있는 지금, 컴퓨터 A/S의 속도도 함께 빨라지고 있는 것은 당연한 일이겠지만 이렇게 고객에게 직접 찾아가는 서비스가 생겼다는 것은 반가운 뉴스가 아닐 수 없다.

1) 이 기사에서 주로 이야기하고 있는 내용은 무엇입니까?

❶ 컴퓨터 수리의 어려움   ❷ 컴퓨터 A/S 센터의 문제점

❸ 변화된 컴퓨터 판매 방식   ❹ 신개념 컴퓨터 수리점의 등장

2) 위에서 말한 'ㄱ 컴퓨터 수리점'을 '㉠찾아가는 컴퓨터 수리점'과 같이 말하는 이유는 무엇인지 쓰세요.

3) 이 기사를 쓴 기자는 '찾아가는 컴퓨터 수리점'에 대해 어떤 태도를 가지고 있는지 써 보세요.

쓰기 연습

1️⃣ 다음은 오늘 스미스 씨에게 생긴 일을 보여 주는 그림입니다. 그림을 보고 스미스 씨가 되어 오늘 컴퓨터 때문에 겪은 일에 대한 글을 써 보세요.

1) 스미스 씨의 컴퓨터가 고장이 난 이유는 무엇인지 메모해 보세요.

2) 스미스 씨가 컴퓨터를 고치기 위해 가장 먼저 한 일은 무엇인지 메모해 보세요.

3) 스미스 씨가 A/S 센터에 간 이후의 일을 간단하게 메모해 보세요.

4) 스미스 씨의 컴퓨터에는 어떤 파일들이 있었습니까? 그 파일들은 어떻게 되었습니까? 메모해 보세요.

5) 위에서 메모한 내용을 바탕으로 스미스 씨가 컴퓨터 때문에 겪은 일에 대한 글을 써 보세요.

종합 연습 Ⅲ

1 다음 밑줄에 알맞은 말을 고르세요.

1) 가: 정말 오랜만에 훌륭한 영화를 본 것 같아요.

   나: 그렇죠? 특히 소설을 원작으로 해서 그런지 구성이 아주 _____.

   ❶ 식상하네요　　❷ 탄탄하네요　　❸ 어수선하네요　　❹ 호소력이 있네요

2) 가: 어제 갑자기 산사태가 발생해서 고속 도로가 모두 _____.

   나: 안 그래도 늘 차량 통행이 많은 곳인데 교통 상황이 심각했겠네요.

   ❶ 끊겼대요　　❷ 잠겼대요　　❸ 넘쳤대요　　❹ 쓰러졌대요

3) 가: 교수님께 한국에서 찍은 사진들을 좀 보내 드리고 싶은데 파일로 보내도 될까?

   나: 그럼, 요즘은 어른들도 다 컴퓨터를 하시니까 이메일에 _____ 보내면

   　 될 거야.

   ❶ 저장해서　　❷ 첨부해서　　❸ 삭제해서　　❹ 복사해서

2 다음 밑줄 친 부분과 의미가 비슷한 것을 고르세요.

1) 올해는 추석을 맞아 인터넷으로 기차표를 예매하는 사람들이 늘어나 인터넷

   접속이 쉽지 않다.

   ❶ 속도가 느리다　　❷ 연결이 안 된다　　❸ 신청이 어렵다　　❹ 신호가 약하다

2) 최근 자녀들의 성적 부진을 우려하여 남녀 공학을 반대하는 부모의 수가 지속적으로

   증가하는 것으로 나타났다.

   ❶ 늘어나는　　❷ 줄어드는　　❸ 하락하는　　❹ 급증하는

3) 환경 오염을 막기 위해 가장 먼저 시작할 일은 이면지로 연습장을 만드는 것과 같은

   생활 속의 실천이라고 생각한다.

   ❶ 자원을 재활용하는 것　　　　❷ 쓰레기를 분리하는 것

   ❸ 대체 에너지를 개발하는 것　　❹ 친환경 제품을 개발하는 것

3 다음에서 알맞은 말을 골라 대화를 완성하세요.

1) 호평을 받다 – 귓가에 맴돌다 – 눈을 뗄 수 없다

가: 지난주에는 '나비'라는 뮤지컬 보려고 두 시간이나 기다렸어.

나: 도대체 언론에서 얼마나 _____ 그렇게까지 기다린 거야?

2) 과학 고등학교 – 외국어 고등학교 – 직업 전문학교

가: 최근 뉴스에 따르면 도서 지역 중학생들이 가장 가고 싶어하는 학교는
_____ 나타났다고 해요.

나: 그래요? 아무래도 요즘에는 다른 나라 말을 한 개 정도는 할 수 있어야
성공한다고 생각하니까 그렇겠지요.

3) 안타깝다 – 절망적이다 – 충격적이다

가: 갑작스러운 화재로 하루 아침에 집이 다 타 버렸다니 살아갈 힘이 하나도
없겠어요.

나: 상황이 아무리 _____ 다시 희망을 가지고 일어서야지요.

4 다음 밑줄에 알맞은 말을 고르세요.

1) 가: 아까 그 주인공이 싸우는 장면은 너무 생동감이 넘치더라.

나: 요즘 관객의 마음을 _____ 그 정도 액션은 필수인 것 같아.

❶ 사로잡길래　　❷ 사로잡으려면　　❸ 사로잡다 보니　　❹ 사로잡을 정도로

2) 가: 우리 동네는 폭우가 _____ 꼭 가옥이 침수되어 늘 재산 피해가 커요.

나: 그래요? 그럼 피해를 줄일 수 있도록 꼭 미리 미리 대비를 해야겠네요.

❶ 내리는데도　　❷ 내렸더라면　　❸ 내리나 마나　　❹ 내리기만 하면

3) 가: 여름에 교토에 갔을 때 날씨가 더워서 엄청 고생했다면서요?

나: 네, 날씨가 정말 덥다는 걸 _____ 왜 하필 그때 갔는지 모르겠어요.

❶ 알면서　　❷ 알듯이　　❸ 아는 대로　　❹ 아는 데에

5 다음 [____]의 단어를 알맞은 형태로 바꾸어 밑줄에 쓰세요.

1) [알려 주다]

가: 아까 작업한 파일을 이메일에 첨부하기만 하면 자꾸 오류 메시지가 떠요.

나: 그럼 제가 지금 _____ 프로그램을 다시 다운 받아 보세요.

2) [인정을 받다]

가: 너, 그 연주자 알지? 인기 그룹 하모니에서 기타를 연주하는 김하원 말이야.

나: 그럼. 뛰어난 기타 연주로 오랫동안 가요계의 _____

전설적인 연주자잖아.

3) [대체 에너지를 개발하다]

가: 최근에는 각 국가마다 에너지 부족 문제가 발생하는 것 같습니다.

나: 맞습니다. 좀 더 일찍 문제의 심각성을 인식하고 _____

좋았을 텐데요.

6 그림을 보고 〈보기〉와 같이 [____]의 표현을 이용해서 문장을 만드세요.

보기

[유학 생활을 마치다, 고향에 돌아가다, 취직하다]

유학 생활을 마치는 대로 고향에 돌아가서 취직을 할 거예요.

1) 취직X

[취직 걱정, 스트레스, 얼마나 쌓이다, 식욕이 없다]

_____

2)

[춘곤증, 봄 날씨, 졸음이 오는 증상, 말하다]

_____

3)

[영수, 초등학교 동창, 10년 만에 만나다, 기쁘다, 눈물을 흘리다]

_____

7 대화의 밑줄에 알맞은 표현을 쓰세요.

1) 가: 지난 주말에 선 본다더니 어땠어요?

   나: 엄마가 억지로 약속을 정해 주신 건데 ＿＿＿＿＿＿＿＿＿＿ 별로일 것 같아서 그냥 제가 취소했어요.

2) 가: 과장님, 컴퓨터 연결을 다 했는데요. 프로젝터 화면이 안 나옵니다.

   나: 화면이 ＿＿＿＿＿＿＿＿＿? 그럼 전원을 껐다가 다시 켜 보세요.

3) 가: ＿＿＿＿＿＿＿＿＿, 교환 요청 사유 중에서 색상에 대한 불만이 1위였대.

   나: 그래? 아닌 것 같은데. 난 통계 자료라는 거 못 믿겠더라.

8 밑줄에 알맞은 표현을 쓰세요.

1) 가: 이 영화 너무 감동적이다. 요즘 본 영화 중에 가장 작품성이 ＿＿＿＿＿＿＿

   나: 맞아. 게다가 두 남녀 주인공의 연기력이 워낙 뛰어나서 더 감동적이더라고.

   가: 특히, 여자 주인공이 바보 역할을 얼마나 ＿＿＿＿＿＿＿ 정말 불쌍해 보였어.

   나: 그러게. 내가 직접 그 눈물을 닦아 주고 싶을 정도였다니까.

   가: 역시 연기파 배우들이 오랫동안 대중의 사랑을 받아 온 데는 다 이유가 있는 것 같아.

2) 가: 요즘 한국어 능력 시험 응시자 수가 많이 늘어났다면서요?

   나: 네. 시험 응시자 수가 꾸준히 증가하여 지난 해에는 8만 명이었으나 올해는 15만 명에 ＿＿＿＿＿＿＿

   가: 그럼, 거의 두 배 가까이 늘어난 것이라고 할 수 있는데, 그 원인이 무엇이라고 생각하십니까?

   나: 무엇보다도 세계에서 한국이 차지하는 위상이 높아지면서 그에 따라 응시자 수도 ＿＿＿＿＿＿＿

9 다음 문장의 순서를 바꿔 자연스러운 대화를 만드세요.

1) 가: 이번 지진은 기상청이 관측을 해 온 이래 가장 큰 규모를 기록했다고 합니다.

   나: 다만 지진 발생 지역 근처에서는 상당한 재산 피해가 있을 것으로 예상됩니다.

   다: 큰 규모의 지진이었던 만큼 발생 당시 전국적으로 건물이 흔들리는 진동을
      느꼈다는 주민들의 신고가 많이 접수되었습니다.

   라: 하지만 다행히 해상에서 일어난 지진이었기 때문에 커다란 피해는 없었다고
      합니다.

   마: 특히 지진으로 인한 인명 피해는 한 건도 접수되지 않았습니다.

   바: 오늘 저녁 7시 14분 30초, 경북 울진 80km 해상에서 큰 지진이 발생했습니다.

   바 – (　　) – 다 – (　　) – (　　) – (　　)

2) 가: 그래? 그런 파일이 없는데, 어떻게 하지?

   나: 응? 무슨 파일인데?

   다: 하여튼, 맨날 정신이 없더라. 파일 이름을 뭐라고 저장했는데?

   라: '바탕 화면'에 '학교'라는 폴더가 있지? 그 안에 '보고서'라는 이름으로 된 파일이
      있을 거야.

   마: 오늘까지 꼭 내야 하는 보고서 파일인데 외장 하드에 옮긴다면서 잊었어.

   바: 아, 찾았다. 그럼 이 파일을 학교 메일로 보내 줄까?

   사: 여보세요? 영미야, 미안한데 나 컴퓨터 '바탕 화면'에 파일을 두고 왔나 봐.
      찾아서 좀 보내 줄래?

   아: 정말? 그럴 리가 없는데. 그럼, 한글 프로그램을 열어서 '문서 찾기'를 해 봐.
      그럼 찾을 수 있을 거야.

   사 – (　　) – 마 – (　　) – (　　) – 가 – (　　) – (　　)

10 다음을 읽고 알맞은 말을 쓰세요.

1) 아래의 ㄱ)이 의미하는 것이 무엇인지 아래에 쓰세요.

> 학생들이 많지 않아 늘 정원을 채우지 못하던 한 지방의 고등학교가 최근 높은 입학 경쟁률을 자랑하는 학교로 변신해 눈길을 끌고 있다. ㄱ)이러한 변신은 학생의 소질과 적성을 키워 주는 맞춤형 교육 덕분이라고 한다. 이 학교는 인문계와 실업계 교육 과정이 함께 운영되는 통합형 학교인데, 1학년 때는 모두 공통 과목을 배우지만 2학년이 되면 진학이냐 취업이냐에 따라 본인에게 맞는 수업을 선택하여 듣는다는 것이다. 특히 취업을 택한 경우 애니메이션이나 요리 등 본인이 원하는 직업 전문 교육을 받을 수 있다는 점에서 학생들의 호응이 매우 높다고 한다.

ㄱ)_____

2) 아래의 밑줄에 알맞은 말을 본문에서 찾아 쓰세요.

> 사람들은 요즘 지진이나 화산 폭발과 같은 자연 재해 소식을 듣게 되면 옛날보다 자연 재해의 빈도나 강도가 훨씬 증가했다고 생각한다. 그러나 실제로는 이러한 자연 재해의 빈도나 강도가 늘어난 것이 아니라 그 재해로 인한 _____ 늘어났다고 보는 것이 더 정확할 것이다. 즉, 수십만 명이 넘는 인명 피해와 수천 억이 넘는 재산 피해를 일으키는 것은 자연 재해 자체라기보다 그 재해가 일어나는 사회적 상황의 변화 때문이라고 봐야 한다는 것이다. 예를 들어, 매우 평범했을 소규모의 지진도 인구 밀집 지역에서 발생하면 순식간에 대규모의 재난으로 바뀔 수 있기 때문이다.

11 다음을 읽고 질문에 답하세요.

> 지난 토요일에는 드디어 시간을 내서 친구와 함께 뮤지컬 '금발 아가씨'를 보러 갔다. 막이 오르고 배우들이 등장하자 내 마음은 기대감으로 부풀어 올랐다. 그런데 막상 뮤지컬이 시작되고 5분쯤 흐르자 기대감은 실망감으로 바뀌었다. 그것은 최근 출연했던 영화의 흥행으로 한창 인기가 높아 이번 뮤지컬에 뽑히게 된 주인공 때문이었다. 주인공은 다른 배우들과 호흡이 맞지 않았고 노래 실력도 형편없는 데다가 목소리까지 잘 들리지 않았다.
>
> 역시 뮤지컬은 춤과 노래 실력을 갖춘 뮤지컬 전문 배우가 역할을 맡아야 작품이 빛나는데, 노래도 못하면서 드라마나 영화의 스타였다는 이유로 배우로 선정되는 것은 문제가 있다고 생각한다. 뮤지컬을 좋아하는 한 사람으로서 이처럼 작품의 전문성을 떨어뜨리는 배우 선정이 계속된다면 앞으로 관객의 ㄱ)＿＿＿＿＿＿＿＿ 일도 피할 수 없을 것이라고 생각한다.

1) 이 글에서 '나'가 이 뮤지컬에 대해 문제가 된다고 생각하는 점은 무엇인지 고르세요.

   ❶ 배우들의 호흡이 서로 맞지 않았다.

   ❷ 주인공을 맡은 배우가 전문성을 갖추지 못했다.

   ❸ 드라마나 영화의 스타들이 더 많이 등장하지 않았다.

   ❹ 연극 무대의 음향 시설이 형편없어 소리가 잘 들리지 않았다.

2) 밑줄 친 ㄱ)에 알맞은 말을 쓰세요.

   _____

12 다음을 읽고 질문에 답하세요.

환경을 보호할 수 있는 새로운 아이디어를 실천하는 기업이 있어 화제가 되고 있다. 지구 온난화 방지나 이산화탄소 배출량 감소 등의 거창한 규모가 아니라 손쉽게 실천할 수 있는 작지만 강력한 환경 운동에 앞서고 있는 '신나는 환경 메아리'라는 기업이다.

이 기업은 그 이름에서도 알 수 있듯이 친환경 운동을 놀이하듯이 즐기면서 다른 사람들과 함께 해 나감으로써 환경 보호라는 ㄱ)메아리를 널리 퍼뜨리자는 취지에서 만들어졌다. 이 기업에서는 재사용이 불가능한 제품을 새로운 디자인과 기능의 제품으로 바꾸어 판매하는 사업을 주로 하고 있다. 예를 들어, 한 번 쓰고 버리게 되는 화려한 색깔의 현수막을 이용해서 멋진 가방을 만들기도 하고 사용이 끝난 안전벨트로 독창적인 필통을 만들어 소비자들의 관심을 끌기도 한다.

좀 더 일찍 이러한 시도가 이루어졌더라면 좋았겠지만 지금이라도 이와 같은 아이디어 상품이 만들어지고 있다는 것은 무척 바람직한 일이다. 다만, 시민들이 친환경 제품에 대해 긍정적인 인식을 가지고 있으면서도 막상 그 제품을 구매하는 데는 소극적이라는 문제가 여전히 남아 있다. 소비자의 적극적인 구매를 이끌어 낼 수 있는 효과적인 방안이 마련되어 신나는 환경 메아리가 좀 더 지속적으로 퍼져 나가기를 희망해 본다.

---

1) 이 글을 쓴 목적으로 맞는 것을 고르세요.

❶ 재활용을 위한 물건을 더 많이 모으기 위해서

❷ 환경 운동에 필요한 자원봉사자를 모집하기 위해서

❸ 새로운 환경 보호를 실천하는 기업을 소개하기 위해서

❹ 독창적인 친환경 제품을 만들기 위한 아이디어를 모으기 위해서

2) 밑줄 친 ㄱ)메아리를 널리 퍼뜨리자의 의미가 무엇인지 써 보세요.

3) 위 글의 내용과 같은 것을 고르세요.

❶ 이 기업에서는 재활용할 수 있는 물건들을 모아 판매한다.

❷ 친환경 제품에 대한 사람들의 인식이 아직도 많이 부정적이다.

❸ 현수막이나 안전벨트를 활용해 만든 제품들이 소비자들의 관심을 끌고 있다.

❹ 이 기업은 일찍부터 새로운 방식의 환경 보호 운동을 시작해서 호응을 얻어 왔다.

정 답

제1과 인물 소개

어휘와 표현 .... P.16~17

1 ❶ ⓓ ❷ ⓔ ❸ ⓕ
❹ ⓐ ❺ ⓒ ❻ ⓑ

2 ❶ 찬성하셨어요? ❷ 허락하셨어요.
❸ 격려해 주셔서 ❹ 반대하지
❺ 지원해 ❻ 말리셨어요.

문법 .... P.18~20

✎ –(으)며

1 ❶ 마이클은 장난기가 많으며 사람들과 어울리는
것을 좋아한다.
❷ 이동규 씨는 매사에 적극적이며 성실하다.
❸ 윤영이는 수줍음을 많이 타고 내성적이며 혼
자 있는 것을 좋아한다.
❹ 나는 영화 모임에 지속적으로 참석하며 회원
들과 우정을 쌓고 있다.
❺ 영민이는 지금까지 회사 일에 최선을 다했으며
동호회 일도 열심히 했다.
❻ 성진이는 제대 후 복학할 것이며 취직을 준비
할 것이다.

✎ –(으)나

1 ❶ 찬성하셨으나 ❷ 말리셨으나
❸ 반대하셨으나 ❹ 갔으나
❺ 공부하나 ❻ 성격은 내성적이나

✎ –아/어/여

1 ❶ 영민이는 키가 너무 작아
❷ 재진이는 1년 휴학 후 복학해
❸ 재희는 스키 동호회에 들어가
❹ 김 선배가 얼마 전 제대해
❺ 나는 능력을 길러
❻ 중소기업이 규모를 키워

말하기 연습 P.21

1 1) 학번이 어떻게 되세요?
면제 받았습니다.
2) 못하지만
격려해 주셨습니다

3) 제대했습니다.
적극적이며

읽기 연습 P.22

1 1) '선우'라는 봉사 동아리에 가입하고 싶어서.
2) (1) ○ (2) ○
(3) × (4) ×

쓰기 연습 P.23

1 1) 이름은 아츠코, 여자임. 일본대학에 재학 중인
데 현재 휴학하고 한국에 왔음. 성격은 활발하
고 적극적임.
2) 어학연수 및 한국 문화를 체험하기 위해서 한
국에 1년 계획으로 왔음.
3) 여러 나라에서 온 회원들과 우정을 나누고 세
계 문화에 대해 더 잘 이해하고 싶어서.
4)   안녕하세요? 저는 일본에서 온 아츠코입니
다. 일본대학에서 국제 정치학을 전공하는데
지금은 휴학 중입니다. 휴학하고 한국에 와 어
학연수를 하고 있습니다. 앞으로 일 년 동안 한
국에 있으면서 한국어와 한국 문화를 공부할
계획입니다.
  저는 평소 외국 문화에 대한 관심이 많습니
다. 이 동호회에 가입 신청을 하는 이유도 바로
이 때문입니다. 저는 이 동호회를 통해 여러 나
라에서 온 친구들과 우정을 나누고 세계의 다
양한 문화에 대해 더 많이 알고 싶습니다. 저는
활발하며 적극적인 성격이라 누구하고나 잘 어
울리는 편입니다. 이런 제 성격 덕분에 저는 다
른 나라에서 온 친구 누구하고나 금방 친구가
될 수 있다고 생각합니다.
  동호회에 가입시켜 주시면 열심히 활동하겠
습니다. 제 번호는 010-123-1234이고, 이메
일 주소는 atsko@hotmail.net입니다. 연락
기다리겠습니다.

제2과 날씨와 생활

어휘와 표현 .... P.26~28

1 ❶ ⓓ ❷ ⓕ ❸ ⓔ
❹ ⓑ ❺ ⓐ ❻ ⓒ

② ❶ 썰렁해요?   ❷ 화창하다.

   ❸ 날이 푹하네요.   ❹ 후텁지근해요?

   ❺ 선선한   ❻ 바람이 매서워서

③ ❶ 열대성 기후라서   ❷ 온대성 기후라서

   ❸ 지중해성 기후라서 ❹ 대륙성 기후라서

   ❺ 고산 기후 때문에   ❻ 건조 기후라서

문법   P.29~31

🖋 −더니

① ❶ 춥더니   ❷ 오더니/내리더니

   ❸ 입더니   ❹ 가더니

   ❺ 아프더니   ❻ 소극적이더니

🖋 −치고

① ❶ 1월치고   ❷ 첫눈치고

   ❸ 가을 날씨치고   ❹ 여름치고

   ❺ 성희 얘기치고   ❻ 2급치고

🖋 −더라도

① ❶ 덥더라도

   ❷ 춥더라도

   ❸ 춥더라도

   ❹ 망치더라도/못 보더라도

   ❺ 오더라도

   ❻ 늦더라도

말하기 연습   P.32

① 1) 내리더니/오더니

     춘곤증

  2) 후텁지근하네요

     덥더라도

  3) 열대성 기후라서

     우기치고는

읽기 연습   P.33

① 1) 몽골의 계절별 날씨와 여행 시 유의점을 안내

     하기 위해서.

  2) 여름, 온도는 높지만 건조해서 그늘에 있으면

     시원하므로.

  3) (1) ✕   (2) ○

     (3) ○   (4) ✕

쓰기 연습   P.34~35

① 1) 무덥다, 푹푹 찌다, 찜통더위, 습도가 매우 높음, 열대야

  2) 날씨 때문에 땀이 줄줄 나고 불쾌지수가 매우 높음.

  3) 그런데 교토의 여름 날씨는 엄청나게 무덥습니다. 말 그대로 찜통더위 그 자체입니다. 섬나라라서 습도가 높은데 높은 습도 때문에 체감온도가 더 높습니다. 밤에는 열대야 때문에 잠 자기도 힘들고, 낮에는 푹푹 찌는 날씨 때문에 밖에 돌아다니기 힘듭니다. 낮에 돌아다니면 땀이 비 오듯 해서 여벌의 티셔츠를 가지고 다녀야 할 정도입니다.

제3과 교환 · 환불

어휘와 표현   P.38~40

① ❶ ⓒ   ❷ ⓓ   ❸ ⓑ

   ❹ ⓕ   ❺ ⓐ   ❻ ⓔ

② ❶ 영수증을 분실했는데요

   ❷ 색상에 불만이 있는

   ❸ 고객 부주의로 문제가 생긴

   ❹ 제품을 사용하시면

   ❺ 라벨을 훼손하시면

   ❻ 제품을 개봉하시면

③ ❶ 알리기   ❷ 남겼다

   ❸ 붙여서   ❹ 돌리겠다고/돌렸다고

   ❺ 입히는

문법   P.41~43

🖋 −길래

① ❶ 하길래   ❷ 작길래

   ❸ 보이길래   ❹ 독특하길래

   ❺ 하길래   ❻ 했길래

🖋 −았/었/였더니

① ❶ 뜯었더니/열었더니

   ❷ 봤더니

   ❸ 빨았더니/세탁했더니

   ❹ 먹었더니

   ❺ 돌아다녔더니

   ❻ 잤더니

사동 표현

1 ❶ 깨워 줘
❷ 붙여 줄래?
❸ 남기시겠어요?
❹ 하게 하려는
❺ 만나게 하세요
❻ 하게 해 주는

말하기 연습
P.44

1 1) 해 봤더니/했더니
유통 기한이 지났더라고요
환불(을 받으시는 것)도
2) 제품을 사용하시면
판다고 하길래

읽기 연습
P.45

1 1) 제품의 문제가 아니라 고객의 변심으로 인한
교환이나 반품의 경우 고객이 택배 비용을 책
임져야 함을 알리기 위해
2) (1) ✕   (2) ○   (3) ✕

쓰기 연습
P.46~47

1 1) 블라우스
2) 블라우스 앞에 있는 단추가 바느질이 잘못 돼
서 떨어져 있고 오른쪽 소매에 얼룩이 있음
3) 사은품으로 주기로 했던 작은 스카프가 같이
배달되지 않고 빠져 있음
4) 자세히 봤더니 단추와 소매에 문제가 있으니
새로운 블라우스로 교환해 줄 것, 사은품이 빠
져 있으니 보내 줄 것
5) 블라우스 앞에 있는 단추가 바느질이 잘못 돼
서 떨어져 있습니다. 게다가 블라우스 오른쪽
소매에 커다란 얼룩이 있습니다. 세탁해도 안
지워질 수도 있는 것이라 지금 문제를 이야기
하는 게 좋을 것 같아서요. 참, 그리고 또 한
가지 문제가 있는데요 지난번 블라우스를 주
문할 때 사은품으로 작은 스카프를 준다는 광
고가 있길래 좋아했는데 제품이 올 때 같이 들
어있지 않았어요. 단순한 실수라고 하시겠지
만 소비자 입장에서는 속은 느낌이 들어 아주
기분이 좋지 않습니다. 그래서, 어떻게 하면
교환 요청을 할 수 있는지 방법을 알려

제4과 집안의 일상

어휘와 표현
P.50~52

1 ❶ ⓓ   ❷ ⓐ   ❸ ⓑ
❹ ⓒ   ❺ ⓕ   ❻ ⓔ

2 ❶ 빨래를 널어 줄래? ❷ 장을 보러
❸ 다림질해서   ❹ 집안일을 하는
❺ 방을 치우는   ❻ 설거지하는

3 ❶ 전구를 가는지   ❷ 못을 박는
❸ 변기를 뚫을   ❹ 조립을 해야
❺ 나사를 조이면   ❻ 손을 보면

문법
P.53~55

–(으)ㄹ 뿐만 아니라

1 ❶ 많을 뿐만 아니라
❷ 재미있을 뿐만 아니라
❸ 잘할 뿐만 아니라
❹ 귀찮아 할 뿐만 아니라
❺ 한국어를 유창하게 할 뿐만 아니라
❻ 자기 일에 대한 책임감이 정말 강할 뿐만
아니라

–느라고 –는데

1 ❶ 신경을 쓰느라고 쓰는데
❷ 빤다고 빨았는데
❸ 만드느라고 만들었는데/하느라고 했는데
❹ 닦느라고 닦았는데
❺ 하느라고 하는데
❻ 걷느라고 걷는데

–는 둥 마는 둥

1 ❶ 하는 둥 마는 둥   ❷ 다리는 둥 마는 둥
❸ 닦는 둥 마는 둥   ❹ 듣는 둥 마는 둥
❺ 먹는 둥 마는 둥   ❻ 오는 둥 마는 둥

말하기 연습
P.56

1 1) 청소하는 게
다림질하는
2) 쓰느라고 쓰는데
하는 둥 마는 둥

3) 많을 뿐만 아니라
살림을 잘해요?
분담할

읽기 연습
P.57
1 1) (1) ✕　　　　　(2) ✕
(3) ○　　　　　(4) ○
2) 가끔씩 서로의 일을 바꿔서 해 본다.

쓰기 연습
P.58
1 1) 그렇지 않다. 좋아하는 집안일이 거의 없다.
2) 집안일을 하면서, 전화를 하거나,
책을 읽거나, 음악을 듣거나 텔레비전을 본다
3) 쓰레기 버리기, 걸레질하기. 즐기면서 할 수
있는 방법이 없다.
4) 나는 집안일을 별로 즐기지 않는다. 나는 기
숙사에서 걸레질도 하고 진공청소기도 돌려야
한다. 또 세탁기로 빨래도 하고 설거지도 해야
한다. 다림질이나 쓰레기도 분리해서 내어 놓
아야 한다. 나는 이런 집안일이 재미도 없고
할 일도 많아서 좋아하지 않는다. 그래서 나
는 집안일을 재미있게 하기 위해서 여러 가지
방법을 사용한다. 예를 들어, 진공청소기를 돌
릴 때에는 친구들과 전화를 하고 세탁기를 돌
릴 때에는 책을 읽는다. 또 설거지를 하면서
음악을 듣거나 다림질을 하면서는 텔레비전을
본다. 이렇게 하면 하기 싫은 집안일이 조금이
라도 재미있어지기 때문이다. 하지만 걸레질
을 하거나 쓰레기를 버리는 일은 이렇게 즐기
면서 할 수 있는 방법이 별로 없기 때문에 나는
걸레질과 쓰레기 버리는 일을 가장 싫어한다.

제5과 직장 생활

어휘와 표현
P.62~64
1 ① e　　　② a　　　③ d
④ f　　　⑤ c　　　⑥ b
2 ① 시설을 관리하는
② 제품을 개발하고
③ 불편사항을 접수하려면
④ 고객의 반응을 조사하는
⑤ 제품을 디자인하는
⑥ 신입 사원을 교육했지만
3 ① 결재를 올려야 한다
② 예산을 세우라고
③ 섭외해야 하고
④ 공문을 보내야 한다
⑤ 결과를 보고해야 한다

문법
P.65~67
✎ −(으)ㅁ, −(으)ㄹ 것
1 ① 회의록 다 작성했음.
② 현재 행사 장소를 섭외하고 있음.
③ 오전에 거래처에 공문 다 보냈음.
④ 이번 주까지 행사비 영수증 처리 끝내 줄 것.
⑤ 오늘 중으로 고객 조사 자료를 정리해 주기
바람.
⑥ 오늘까지 신제품 광고 예산을 세워 결재
올려야 함.

✎ −다고/−냐고/−자고/−라고 했대요
1 ① 데려간다고 했대요.
② 쓰라고 했대요.
③ 보내라고 했대요.
④ 제출하라고 했대요
⑤ 걸리냐고 했대요
⑥ 하자고 했대요.

✎ −고 생각하다
1 ① 힘써야 한다고 생각합니다.
② 필요하다고 생각합니다.
③ 우선이라고 생각합니다.
④ 순서라고 생각합니다.
⑤ 중요하다고 생각합니다.
⑥ 좋아졌다고 생각해요.

말하기 연습
P.68
1 1) 홍보부에서
맡으라고 했대요.
2) 말씀드리겠습니다
필요하다고 생각합니다
기획안을 작성하겠습니다

1 1) 인사팀 교육 담당관 이영준 씨가 총무부장에게
보냈음.
2) 신입 사원 교육을 위한 업무 협조 요청
3) (1) ✕　　　(2) 〇　　　(3) 〇

1 1) 4월 13일 ~ 4월 15일, 중국으로 출장 갔음.
2) 4월 13일 도착하여 오후에는 지사를 방문, 보
고회를 가짐. 현지 직원에게서 최근 판매가 감
소했다는 보고를 받고, 중국 거래처와 진행할
공동 프로젝트 기획안에 대해 보고함.
4월 14일 오전에는 거래처 대표와 만나 공동
프로젝트에 대해 논의함. 오후에는 현지 공장
을 방문함.
4월 15일에는 귀국함.
3) 새로운 홍보 전략 수립이 필요함. 구체적 내용
의 협정서 작성이 필요함.
4) (1) 중국 거래처와 진행할 공동 프로젝트 기획
안에 대한 내용을 보고함.
(2) 4월 14일
오전: 거래처 대표와 회의를 함.
– 공동 프로젝트에 대해 논의함.
– 다음 달에 협정을 맺기로 함.
오후: 현지 공장 방문함.
(3) 4월 15일
오후: 귀국함.
(4) 우선 최근 판매가 감소하고 있으므로 새로
운 홍보 전략의 수립이 필요하다. 또한 다
음 달에 중국 거래처와 협정을 맺어야 하
므로 구체적인 내용의 협정서를 만들어야
할 것이다.

종합 연습 Ⅰ

1 1) ❹　　　2) ❸　　　3) ❸
2 1) ❷　　　2) ❹　　　3) ❶
3 1) 반대하셨으나
2) 못을 박았더니
3) 공문을 보내라고 했대요.
4 1) ❹　　　2) ❶　　　3) ❸

5 1) 덥더라도
2) 청소를 하는 둥 마는 둥
3) 문제가 있다고 생각합니다.
6 1) 올 겨울은 겨울 날씨치고 별로 춥지 않은 것
같아요.
2) 우리 언니는 내성적이며 수줍음을 많이 타는
성격이다.
3) 아이를 돌보는 일은 손이 많이 갈 뿐만 아니라
신경 쓸 일도 많다.
7 1) 홍보부로 옮겼어요
2) 쌓아
3) 부주의로 문제가 생긴
8 1) 줄여
오게 해
2) 우선인 것/순서인 것
3) 결재를 올리세요
9 1) 나, 가 , 마, 라
2) 라, 가, 마, 바, 나
10 1) 제품을 구매한 지 시간이 많이 흐른 후에야 문
제를 발견할 경우
2) 지중해성 기후
11 1) ❶
2) 불만 사항을 접수할
12 1) ❹　　　　　2) 가사를 분담할
3) ❶

제6과 언어와 문화

1 ❶ ⓔ　　　　❷ ⓒ　　　　❸ ⓐ
❹ ⓑ　　　　❺ ⓕ　　　　❻ ⓓ
2 ❶ 갈수록 태산이겠네요
❷ 싼 게 비지떡이라고
❸ 하늘의 별 따기네요.
❹ 우물 안 개구리였나 봐요.
❺ 티끌 모아 태산이라더니
❻ 꿩 대신 닭이라고
3 ❶ 백지장도 맞들면 낫다더니
❷ 발 없는 말이 천 리를 간다고
❸ 호랑이도 제 말 하면 온다더니
❹ 종로에서 뺨 맞고 한강에서 화풀이 한다더니

⑤ 소 잃고 외양간 고친다고

⑥ 세 살 버릇 여든까지 간다던데

문법 P.87

✏️ **−듯이**

① **①** 비 오듯이   **②** 물 쓰듯이

     ③ 밥 먹듯이   **④** 쥐 죽은 듯이

     ⑤ 뛸 듯이   **⑥** 바늘에 실 가듯이

✏️ **−듯하다**

① **①** 쓰는 듯해요.   **②** 나오는 듯해요.

     ③ 모르시는 듯해.   **④** 본 듯해요.

     ⑤ 정한 듯해요.   **⑥** 올 듯해요.

✏️ **이중 부정**

① **①** 하지 않으면 안 돼요.

     ② 쓰지 않을 수가 없네요.

     ③ 없지는 않은데

     ④ 사실이 아닌 건 아닌데

     ⑤ 가지 않으면 안 돼.

     ⑥ 끝내지 않을 수가 없어요.

말하기 연습 P.88

① 1) 갈수록 태산

      쓴 듯해요./적은 듯해요.

   2) 발이 넓은

      싸우지 않을 수가 없어요.

읽기 연습 P.89

① 1) **③**   2) **③**

   3) (1) 말 한 마디로 천 냥 빚을 갚는다

       (2) 팔이 안으로 굽는다

쓰기 연습 P.90

① 1) 소를 도둑맞고 나서야 후회하면서 외양간의

      허물어진 곳을 고친다는 의미이다.

   2) '소를 잃는다':

      일이 잘못되다, 나쁜 일이 생기다

      '외양간을 고친다': 잘못된 뒤에 손을 쓰다,

      일이 생긴 후에 바로잡다

   3) 어떤 일이 잘못되기 전에 미리 대비해야 한다

   4) 들고 다니는 가방에 아주 조그마한 구멍이 생

겼는데 별 것 아니라고 생각해서 꿰매지 않고 내버려 두었는데 그 구멍이 점점 커져서, 어느 날 가방 속에 넣어 둔 지갑을 잃어버리게 되었을 때

   5) 한국 속담에 '소 잃고 외양간 고친다'는 속담이 있다. 이 속담이 의미하는 것은 소를 도둑맞고 나서야 후회하면서 외양간의 허물어진 곳을 고친다는 것이다. 즉, '소를 잃는다'는 것은 어떤 일이 잘못된다거나 나쁜 일이 생긴다는 것을 비유적으로 표현한 것이고 '외양간을 고친다'는 것은 잘못된 뒤에 손을 쓴다거나 일이 이미 생긴 후에 바로잡는다는 것을 비유적으로 표현한 것이다.

     결국 이 속담이 주는 교훈은 '어떤 일이 잘못되기 전에 미리 대비해야 한다'는 것이다. 예를 들어, 들고 다니던 가방에 생긴 작은 구멍을 별 것 아니라고 생각해서 꿰매지 않고 그냥 내버려 두었다가 그 구멍이 커져서 지갑을 잃어버리고는 후회하며 그 구멍을 꿰맬 때 그 상황을 풍자적으로 묘사하면서 '소 잃고 외양간 고친다'는 속담을 사용할 수 있을 것이다.

제7과 **스트레스**

어휘와 표현 .... P.94~96

① **①** ⓐ   **②** ⓓ   **③** ⓑ

     ④ ⓔ   **⑤** ⓕ   **⑥** ⓒ

② **①** 스트레스가 하나 생겼다

     ② 스트레스를 받기

     ③ 스트레스가 되었다

     ④ 스트레스를 풀기

     ⑤ 스트레스가 점점 쌓이고

③ **①** 상담을 받아

     ② 기분 전환을 하고

     ③ 먹는 것에 의존하는

     ④ 땀을 흘리고

     ⑤ 취미 생활을 즐겨

     ⑥ 숙면을 취할

문법 P.97~99

✎ **−에다가 −까지**

1 ❶ 소화 불량에다가 불면증까지

❷ (사내 신제품) 설명회에다가 (길거리) 홍보회까지

❸ 등록금에다가 하숙비까지

❹ 편두통에다가 몸살까지

❺ 습도에다가 기온까지

❻ 한국어 공부에다가 전공 공부까지

✎ **−아/어/여 가다**

1 ❶ 떨어져 가는데　　❷ 끝나 가요

❸ 늘어 가서　　❹ 해 갑니다

❺ 와 가　　❻ 잘돼 가요

✎ **−(으)ㄴ 척하다**

1 ❶ 신경을 안 쓰는 척하는

❷ 아무렇지도 않은 척하고

❸ 괜찮은 척하고

❹ 알아듣는 척했어.

❺ 모르는 척하고

❻ 한국 사람인 척하고

말하기 연습 P.100

1 1) 식욕이 없어요.

소화가 잘 안 돼요

2) 받아요?

푸는

3) 취직시험에다가 졸업 발표회까지

척하는

혹사시키면

읽기 연습 P.101

1 1) 사장님이 잔소리를 많이 하기 때문에

2) (1) × 　　(2) × 　　(3) ○

2) 알바맨: 사장님한테 고민을 이야기해라.

중년남: 참고 열심히 해라.

도움녀: 다른 편의점을 찾아라.

쓰기 연습 P.102

1 1) 아르바이트 사장님이 잔소리를 많이 하기 때문에.

2) 아르바이트를 그만둔다.

3) 사장님한테 문제를 이야기해 본다.

4) 글을 쓴 사람은 문제를 직접적으로 해결하지 않고 피해 가려고 하는 반면, '알바맨'은 문제를 근본적으로 해결하려고 한다.

5) 안녕하세요. 알바맨입니다. 올리신 글은 잘 읽었습니다. 잔소리를 많이 하는 사장님 때문에 스트레스가 많으신 것 같습니다. 다른 편의점에서 일한 경험이 있어서 사장님의 잔소리 없이도 일을 잘할 수 있는데 사장님이 그렇게 계속 잔소리를 하면 일하고 싶은 마음이 없어질 것 같네요. 사장님에게 화라도 내고 싶다고 하셨는데 그렇게는 하지 않는 것이 좋겠네요. 그리고 사장님 때문에 아르바이트를 그만두고 싶다고 하셨지요? 제 생각에는 그것보다 사장님에게 고민을 좀 이야기해 보는 것이 좋을 것 같습니다. 문제가 생겼을 때 그 문제를 피해 가는 것보다는 그 문제를 근본적으로 해결하는 것이 좋으니까요. 또 사장님께서도 지금의 상황을 이해하실 수도 있다고 생각이 듭니다. 그러면 문제가 해결되어서 아르바이트도 즐겁게 할 수 있게 되기를 바랍니다.

제8과 **추억**

어휘와 표현 P.106~108

1 ❶ ⓒ　　❷ ⓕ　　❸ ⓐ

❹ ⓓ　　❺ ⓔ　　❻ ⓑ

2 ❶ 기억에 남는　　❷ 눈에 선해.

❸ 엊그제 같은데　　❹ 추억에 잠겨

❺ 추억이 떠올라서

3 ❶ 사랑을 독차지했거든요.

❷ 따돌림을 당한

❸ 혼이 났어요.

❹ 벌을 선

❺ 잘못을 저지르지

❻ 상을 받았어요.

문법
P.109~112

✏️ **-무렵**

1 ❶ 중3 무렵에
❷ 들어갈 무렵에
❸ 들어갈 무렵에
❹ 졸업할 무렵이었어.
❺ 끝날 무렵에
❻ 질 무렵의

✏️ **-고는 하다**

1 ❶ 공부하곤 했지. ❷ 책을 보곤 했잖아.
❸ 먹곤 했는데. ❹ 하곤 했는데
❺ 가곤 했는데. ❻ 보곤 해요.

✏️ **-ㄴ지**

1 ❶ 재미있었는지 ❷ 맛있었는지
❸ 썩었는지 ❹ 좋았는지
❺ 많은지 ❻ 피곤한지

✏️ **-은/는커녕, -기는커녕**

1 ❶ 공부벌레는커녕
❷ 인기가 많기는커녕
❸ 귀여움은커녕
❹ 고생을 많이 하기는커녕
❺ 고마워하기는커녕
❻ 치우기는커녕

말하기 연습
P.113

1 1) 하곤 했어요
2) 모범생은커녕
빼먹고
3) 울보였는데
무렵이
재미있었는지

읽기 연습
P.114

1 1) 어린 시절의 단짝 친구를 찾기 위해서.
2) 학교가 끝나면 항상 집에 같이 오고, 공부하고, 인형 놀이도 함. 때로는 혜정이의 집에서 자면서 비밀 이야기를 나누기도 함.
3) (1) ○   (2) ×   (3) ×

쓰기 연습
P.115

1 1) 박병수와 민순영, 초등학교 때 친구임.
2) 박병수는 지각대장에 말썽꾸러기여서 선생님한테 항상 벌을 섰음.
민순영은 조용하고 얌전한 성격이었는데 자주 울었음.
3) 셋이서 자주 소꿉놀이를 하면서 놀았음.
4) 오늘 방송에서 친구 찾는 사연을 듣다가 저도 초등학교 친구들이 그리워 이렇게 사연을 쓰게 되었어요. 초등학교 때 친하게 지냈던 친구, 박병수와 민순영을 찾고 싶어요. 우리는 모두 김제 행복 초등학교를 다녔던 동창입니다.
병수는 당시 지각대장에 말썽꾸러기였어요. 그래서 매일 선생님께 혼나고 벌을 섰지요. 순영이는 조용하고 얌전한 아이였는데, 자주 울었어요. 특히 개구쟁이 병수가 놀리면 바로 울곤 했습니다. 우리는 성격도 다르고 성별도 다르지만 참 친하게 지냈습니다. 특히 셋이서 소꿉놀이를 하며 놀던 기억은 지금도 잊혀지지 않아요. 워낙 친하게 지낸 친구들이라 지금도 그 친구들이 자주 떠올라요. 혹시 그 친구가 이 방송을 듣고 있다면 연락 주었으면 좋겠습니다.
병수야, 순영아 듣고 있니? 듣고 있다면 나한테 연락 좀 줘. 무척 보고 싶다.

제9과 여행의 감동

어휘와 표현
P.118~120

1 ❶ ⓔ   ❷ ⓕ   ❸ ⓓ
❹ ⓑ   ❺ ⓐ   ❻ ⓒ

2 ❶ 전망이 뛰어났어
❷ 전통문화를 느낄
❸ 자연 경관이 이국적이었어요
❹ 한국의 정취를 느끼기
❺ 즐길 거리가 많았어요.
❻ 음식 맛이 일품이었어요.

3 ❶ 답답했던 마음이 다 풀렸다
❷ 기억에 오래 남을 것이다
❸ 한국의 인정을 느꼈다
❹ 아쉬운

⑤ 보람이 있었다

문법 .... P.121~123

✎ **-ㄴ 김에**

1 ❶ 설악산에 간 김에 ❷ 출장 간 김에
❸ 잠이 깬 김에 ❹ 보성까지 간 김에
❺ 시내에 나온 김에 ❻ 운동을 시작한 김에

✎ **-아/어/여 보니**

1 ❶ 먹어 보니
❷ 가 보니
❸ 도착하고 보니/가 보니
❹ 와 보니
❺ 같이 지내 보니
❻ 들어 보니

✎ **-다시피**

1 ❶ 알다시피
❷ 보(시)다시피
❸ 이야기했다시피
❹ 텔레비전에 자주 소개되다시피
❺ 있다시피
❻ 말씀드렸다시피

말하기 연습 P.124

1 1) 단풍이 절정이어서
간 김에
맛집도 찾아다녔어요.
2) 가 보니
알다시피
다 풀리고

읽기 연습 P.125

1 1) 숙소, 해변, 서귀포시의 식당, 숙소
2) 여행지에 가지고 간 짐을 풀었다
3) ❶

쓰기 연습 P.126

1 1) 경주, 1박 2일
2) 7월 25일: 경주 도착, 숙소 도착, 첨성대,
안집, 경주 박물관 구경, 쌈밥 먹음

7월 26일: 석굴암 해돋이 구경, 불국사 관광,
연꽃 구경, 대전으로 돌아옴
3) 숙소에서 본 경치가 좋았음, 불국사가 정말 아
름다웠음, 짧았지만 알찬 여행이었음, 다시 가
고 싶음.
4) 나는 지난 7월 말에 경주로 여행을 다녀왔다.
25일과 26일에 걸쳐 다녀온 1박 2일짜리 여행
이었다. 첫날 3시 30분쯤 경주에 도착했다. 숙
소는 보문단지에 있는 유스호스텔이었었다.
숙소에서는 아래로 호수가 내려다 보였는데,
그 경치가 정말 좋았다. 여장을 푼 후에는 첨
성대와 안압지를 둘러보고 경주 박물관도 관
람했다. 그러는 사이에 어느새 해가 졌고 저녁
으로는 쌈밥을 먹었다.
다음 날은 해돋이를 보기 위해서 새벽에 일어
났다. 일찍 일어나 석굴암으로 향했고 거기에
서 해돋이를 구경했다. 그리고는 불국사 관광
을 시작했다. 불국사는 직접 가 보니 정말로 아
름다웠다. 불국사 관광을 마치고서는 경주 시
내로 돌아왔다. 경주 시내에서 연꽃을 구경한
후에 모든 일정을 마치고 대전으로 돌아왔다.
1박 2일의 짧은 여행이었지만 정말 알찬 여행
이었던 것 같다. 벌써부터 다시 가고 싶은 생
각이 든다.

제10과 결혼

어휘와 표현 .... P.130~132

1 ❶ ⓑ   ❷ ⓓ   ❸ ⓕ
❹ ⓒ   ❺ ⓔ   ❻ ⓐ
2 ❶ 연애하다가   ❷ 선을 보기도
❸ 중매하셨대요   ❹ 파혼했대요
❺ 약혼하고   ❻ 이혼하셨대요
3 ❶ 입장했다   ❷ 성혼 선언을 하셔서
❸ 축가를 불렀다   ❹ 퇴장하는
❺ 신혼 여행을 가는

문법 .... P.133~135

✎ **-지요**

1 ❶ 예쁘지요.   ❷ 좋지요.
❸ 부르지요./하지요.   ❹ 만났지요.

❺ 배웠지요.　　　❻ 먹었지요.

✏️ **-는 데에**

１ ❶ 잡는 데에
　 ❷ 돌리는 데에
　 ❸ 맞추는 데에
　 ❹ 구하는 데에/잡는 데에
　 ❺ 되는 데에
　 ❻ 도와드리는 데에

✏️ **-(으)로**

１ ❶ 전체 여성의 65% 이상인 것으로
　 ❷ 10명 중 3명인 것으로
　 ❸ 공무원이 1위를 차지하는 것으로
　 ❹ 전체 부모의 10% 이하인 것으로

말하기 연습　　　　　　　　　P.136

１ 1) 연애결혼
　　 준비하는 데에
　　 혼수를 장만할
　 2) 높아지고 있는 것으로
　　 날짜를 잡으셔야죠.

읽기 연습　　　　　　　　　P.137

１ 1) (1) 특별한 결혼식

　　 (2)

김미영	저는 제 웨딩드레스를 직접 만들었어요.
송지혜	저희는 결혼할 때 주례 선생님을 따로 모시지 않았어요.
김철수	저희는 결혼식에서 가난한 시골 학교를 돕는 모금함을 준비했어요.

쓰기 연습　　　　　　　　　P.138~139

１ 1) 남성: 남성들은 배우자를 선택할 때 성격을 가
　　　　 장 중요한 것으로 꼽았다.
　　 여성: 여성들은 배우자를 선택할 때 성격을 가
　　　　 장 중요한 것으로 꼽았다.
　 2) 남성: 남성들은 배우자를 선택할 때 부모님의
　　　　 의견을 가장 중요하게 생각하는 것으로
　　　　 나타났다.
　　 여성: 여성들은 배우자를 선택할 때 자신의 의
　　　　 견을 가장 중요하게 생각하는 것으로 나
　　　　 타났다.

3) 　먼저, 배우자를 선택할 때 무엇을 가장 중요
하게 생각하느냐는 질문에 대해 남학생은 성
격(35.2%), 외모(30.8%), 직업(24.1%), 그리
고 연령(9.9%)의 순으로 대답했다. 여학생은
성격(37.7%), 외모(28.9%), 경제력(22.4%),
그리고 기타(11%)의 순으로 대답했다. 결국 남
성과 여성에 관계없이 대학생들은 배우자를
선택할 때 성격을 가장 중요한 요인으로 생각
하는 것으로 나타났다.
　반면에 배우자를 선택할 때 누구의 의견을
가장 중요하게 생각하느냐는 질문에 대해서는
남학생의 43.8%는 부모님인 것으로, 여학생
의 41.3%는 자신인 것으로 대답했다. 즉, 누
구의 의견을 중요하게 생각하느냐에 있어서는
남녀 간에 차이가 있는 것으로 드러났다. 기타
의견으로 여학생들은 동성 친구와 자매의 의
견을 듣는데 비해 남학생들은 회사 동료나 친
구의 의견을 듣는다고 답하였다.

종합 연습 II　　　　　　　P.140~147

１ 1) ❸　　　 2) ❹　　　 3) ❸
２ 1) ❶　　　 2) ❷　　　 3) ❸
３ 1) 꿩 대신 닭
　 2) 상담을 받아
　 3) 자연 경관이 이국적이었어요
４ 1) ❸　　　 2) ❹　　　 3) ❷
５ 1) 결혼 준비를 하는 데에
　 2) 직접 가 보니
　 3) 날개가 돋친 듯이
６ 1) 취직 시험에다가 졸업 시험까지 겹쳐서 스트
　　 레스가 많아요.
　 2) 계속 꼬치꼬치 물어 보니 말을 하지 않을 수
　　 없네요.
　 3) 미혼 인구가 꾸준히 증가하고 있는 것으로
　　 나타났다.
７ 1) 끝나 가요　 2) 보였는지　 3) 알다시피
８ 1) 무렵에는
　　 하곤 했어.
　　 새록새록 떠오른다.
　 2) 소화가 잘 안 되고

대학원 진학 준비에다가 자격증 시험 준비까지

9 1) 마, 바, 라, 나

2) 바, 가, 라, 나, 마

10 1) 책임감이 크게 느껴지고 부담이 많이 된다

2) 사랑을 독차지했다

11 1) **②**

2) 해 보니/나눠 보니

12 1) **②**   2) **②**   3) **②**

제11과 공연 감상

어휘와 표현 ···································· P.150~151

1 **①** 구성이 탄탄해서   **②** 호소력이 짙은

③ 연기력이 뛰어나서 **④** 눈을 뗄 수 없었어.

⑤ 귓가에 맴돌아.   **⑥** 온몸이 감전이 된

2 **①** 음향 시설이 형편없어서

② 식상했다

③ 장내 분위기가 어수선해서

④ 하품밖에 안 나왔다

⑤ 작품이 수준 이하라는

문법 ···································· P.152~154

–아/어/여 오다

1 **①** 받아 온   **②** 계속해 온

③ 들어 온   **④** 지내 온

⑤ 키워 온

얼마나 –던지

1 **①** 얼마나 지루하던지

② 얼마나 슬프던지

③ 얼마나 감동적이던지

④ 얼마나 실감나던지

⑤ 얼마나 많던지

⑥ 얼마나 환상적이던지

–나 마나

1 **①** 보나 마나   **②** 보나 마나

③ 보나 마나   **④** 공부하나 마나

⑤ 물어보나 마나 **⑥** 고백하나 마나

말하기 연습 ···································· P.155

1 1) 보나 마나

얼마나 재미있던지

배역을 완벽히 소화해서

2) 하품만 나오던데.

식상했어

기록해 온

읽기 연습 ···································· P.156

1 1) 뮤지컬 '사랑을 위하여'에 대한 공연 평을

쓰기 위해.

2) **②**

3) 산만해서

쓰기 연습 ···································· P.157

1 1) 외딴집의 비밀, 공포영화.

2) 시골의 외딴집에서 일어나는 살인 사건을 다룸. 의외의 사람이 범인으로 밝혀지는 마지막 장면이 인상적이었음.

3) 전체적으로 호평. 배우들의 연기, 구성, 음향 효과 등이 모두 좋았음.

4)　　외딴집의 비밀은 실화를 바탕으로 한 공포 영화이다. 시골의 외딴집에서 일어나는 살인 사건을 다루었는데 정말 재미있었다.

　　게다가 구성이나 배우들의 연기도 좋았다. 배우들의 완벽한 연기는 보는 내내 관객의 마음을 사로잡았고 치밀한 구성은 긴장감을 고조시켰다. 또한 공포감을 높이는 음향효과도 대단했는데, 너무 무서워 온몸에 소름이 돋을 정도였다. 특히 생각하지 못한 사람이 범인으로 밝혀지는 마지막 장면은 최고였다. 정말 두 시간 동안 손에 땀을 쥐게 하는 영화였다. 친구들에게도 적극 권하고 싶은 영화.

제12과 교육

어휘와 표현 ···································· P.160~161

1 **①** ⓓ   **②** ⓒ   **③** ⓕ

④ ⓑ   **⑤** ⓐ   **⑥** ⓔ

2 **①** 감소하여   **②** 떨어지는

③ 미치지 못하는   **④** 증가하는데

⑤ 급증하는

문법   P.162~164

✎ **-으려면**

1 **❶** 전공하려면   **❷** 받으려면/타려면
　 ❸ 보내려면   **❹** 쌓으려면
　 ❺ 만들려면   **❻** 되려면

✎ **-(이)란 -을/를 말한다**

1 **❶** 공교육이란, 말합니다.
　 ❷ 직업 학교란, 말합니다.
　 ❸ 의무 교육이란, 말합니다.
　 ❹ 대안 학교란, 말합니다.
　 ❺ 자율 학습이란, 말합니다.
　 ❻ 특기 적성 수업이란, 말합니다.

✎ **-에 따르면**

1 **❶** 신문 기사에 따르면
　 ❷ 홈페이지에 따르면
　 ❸ 뉴스에 따르면
　 ❹ 설문 조사에 따르면
　 ❺ 논문에 따르면

말하기 연습   P.165

1 1) 예술 고등학교에
　　 졸업하려면
　 2) 증가하였습니다.
　　 성적을 받는
　　 외국어 고등학교란
　　 말하는

읽기 연습   P.166

1 1) 특성화 고등학교의 예,
　　 특성화 고등학교의 교육 내용
　 2) (1) 학생들 스스로가 자기가 하고 싶은 공부를
　　　　 한다.
　　 (2) 졸업 후에 진학이나 취직이 훨씬 쉽고
　　　　 빠르다
　 3) 새로운 실업 인력을 키울 목적으로 만들어진
　　 학교를

쓰기 연습   P.167

1 1) 2002년에는 1,000명 정도였는데 2009년에는
　　 12,000명 가까이로 크게 늘어났다.
　 2) 시간과 공간의 선택 폭이 넓다, 사회 진출을
　　 넓힐 수 있다, 등록금 부담이 적다
　 3) 대학의 위상이 높아진다, 학교가 주는 혜택이
　　 늘어난다, 다양한 과목이 개설된다
　 4)　한국에서 일반 대학과 달리 사이버 대학은
　　 학생 수가 꾸준히 증가하는 것으로 나타났다.
　　 예를 들어 A 사이버 대학의 경우, 2002년에
　　 는 1000명 정도였던 학생 수가 2009년에는
　　 12,000명 가까이로 급증하였다. 이처럼 사
　　 이버 대학 지원자 수가 급증한 원인은 사이
　　 버 대학 교육이 지닌 장점 때문인 것으로 보
　　 인다. 사이버 대학 교육에 대해 학생들이 느끼
　　 는 만족도의 원인을 구체적으로 보면, 시간과
　　 공간의 선택 폭이 넓다(59%), 사회 진출을 넓
　　 힐 수 있다(28%), 그리고 등록금 부담이 적다
　　 (13%)의 순으로 나타났다.
　　　반면에 아직 학생들이 불만을 느끼는 부분
　　 도 있었다. 학교의 위상을 높여 달라는 요구가
　　 42%로 가장 많았고, 학교가 주는 혜택을 늘려
　　 달라는 요구가 33%, 그리고 다양한 과목을 개
　　 설해 달라는 요구가 25%로 나타났다. 이러한
　　 학생들의 요구 사항을 점차적으로 받아들인다
　　 면 사이버 대학은 일반 대학에 못지 않은 훌륭
　　 한 대학으로 자리 잡을 것으로 보인다.

제13과 **환경**

어휘와 표현   P.170~172

1 **❶** ⓐ　　　**❷** ⓓ　　　**❸** ⓔ
　 ❹ ⓒ　　　**❺** ⓕ　　　**❻** ⓑ

2 **❶** 전기 코드를 뽑아 놓습니다
　 ❷ 에너지를 절약하기 위해
　 ❸ 쓰레기를 분리하는
　 ❹ 친환경 제품을 개발해서
　 ❺ 대체 에너지를 개발하기
　 ❻ 일회용품 사용을 줄여

3 **❶** 지구 온난화　　**❷** 오존층 파괴
　 ❸ 산성비　　　　**❹** 자원을 재활용하는

⑤ 이산화탄소의 배출을 줄이는

문법 .... P.173~175

✏️ **–(으)면서**

1 ❶ 들으면서   ❷ 알면서

    ❸ 생각하면서   ❹ 보면서

    ❺ 가수면서   ❻ 하면서

✏️ **–마저**

1 ❶ 물마저   ❷ 공기마저

    ❸ 비마저   ❹ 제품마저

    ❺ 학생들마저   ❻ 딸마저

✏️ **–았/었더라면**

1 ❶ 만들었더라면

    ❷ 사용했더라면

    ❸ 마련했더라면/내놓았더라면

    ❹ 끊었더라면

    ❺ 준비했더라면

    ❻ 알았더라면

말하기 연습 P.176

1 1) 시설을 늘리지

     물마저

   2) 일회용품의 사용을

     알면서

     마련되었더라면

읽기 연습 P.177

1 1) 친환경적인 방식으로 디자인하고 건축한 건물

   2) ❸

   3) 건물의 유지 비용도 줄이고 건축 기업들의
     자발적 참여를 유도할 수 있다.

쓰기 연습 .... P.178~179

1 1) (2) 쓰레기 분리하기

     → 다시 사용이 가능한 재활용품을 이용하
       여 신제품을 만드는 데 들어가는 자원
       을 절약할 수 있고 쓰레기의 양을 줄일
       수 있어 토양 오염을 방지할 수 있다.

   (3) 전기 코드 뽑기

     → 사용하지 않는 가전제품의 전기 코드를
       항상 뽑아 놓음으로써 에너지의 낭비를
       줄일 수 있다.

 2) (2) 산에 나무 심기

     → 적극적으로 나무를 심으면 나무가 뿜는
       좋은 공기가 대기 오염을 줄이고 또한
       이산화탄소의 배출을 줄여 지구 온난화
       를 방지할 수 있다.

   (3) 하천 쓰레기 줍기

     하천 상류에 버려져 있는 쓰레기를 주워서
     하천이 쓰레기로 오염되는 것을 막을 수
     있다.

 3) 찰리 씨의 방법은 개인적 차원에서 소극적으
   로 실천하는 환경 보호 방안이다. 반면에 제인
   씨의 방법은 혼자서 하는 것이라기 보다는 사
   회적 차원에서 다른 사람들과 함께 좀 더 적극
   적으로 실천하는 환경 보호 방안이다.

 4) 하지만 제인 씨의 방법이 좀 더 효과적이라고
   생각한다. 찰리 씨의 방법은 개인적 차원에서
   소극적으로 실천하는 방안이기 때문에 그 결
   과로 생겨나는 효과의 범위가 적기 때문이다.
   소극적으로 나 혼자만 환경을 지키겠다는 생
   각은 요즘처럼 환경 오염의 속도가 빠른 시대
   에 맞지 않는다. 제인 씨의 방법은 개인적인
   차원에만 머무는 것이 아니라 환경 단체 등을
   통해 더 많은 사람이 함께 참여할 것을 유도하
   는 좀 더 적극적인 방안이라고 할 수 있다.

    예를 들어, 제인이 실천하는 구체적 방안을
   살펴 보면, 재활용 비누를 사용하여 일반 비누
   에 들어 있는 합성 첨가제를 줄임으로써 수질
   오염을 막을 수 있고, 시간을 내서 나무를 심
   으면 공기 속 이산화탄소의 배출을 줄여 지구
   온난화를 방지하는 긍정적 영향을 미칠 수 있
   을 것이다.

제14과 재난 · 재해

어휘와 표현 .... P.182~184

1 ❶ ⓒ   ❷ ⓓ   ❸ ⓔ

   ❹ ⓑ   ❺ ⓕ   ❻ ⓐ

② ① 충격적이었어요 ② 허망할

③ 실신할 ④ 절망적인

⑤ 안타깝네요.

③ ① 전소되었네요. ② 가옥이 침수되어서

③ 건물이 무너질 ④ 도로가 끊겨서

⑤ 농작물이 쓰러진 ⑥ 강이 넘쳐서

문법 .... P.185~187

–다니요

① ① 산불이 나다니요

② 지진이 나다니요

③ 여객선이 침몰하다니요

④ 가뭄이 들다니요

⑤ 맵지 않다니요

⑥ 관심이 많다니요

–(으)ㄴ 나머지

① ① 밤새도록 폭우가 쏟아진 나머지

② 불길이 더 거세진 나머지

③ 우박이 쏟아진 나머지

④ 땅이 심하게 흔들린 나머지

⑤ 놀란 나머지

⑥ 반가운 나머지

–자

① ① 산사태가 나자

② 피해가 커지자

③ 지진이 나자

④ 대형 사고가 발생하자

⑤ 마음이 급해지자

⑥ 언론의 이목이 집중되자

말하기 연습 P.188

① 1) 상륙하다니요

2) 놀란 나머지

발생하자/나자

3) 지진이 났대요

인명 피해도

실신을 하더라고요

읽기 연습 P.189

① 1) 고등학교 건물, 화재로 전소

2) 완전히 불에 타고

3) ②

쓰기 연습 P.190

① 1) 중부 지방, 태풍, 기상 이변

2) 가옥과 도로 침수, 농작물 쓰러짐,
다리 끊어짐.

3) 허망과 절망, 복구 작업으로 희망을 다시
갖게 됨.

4) 태풍 피해 크지만, 복구의 손길 이어져

5) 중부 지방에 때아닌 10월 태풍이 상륙, 재
산 피해가 이어지고 있다. 중부 지방에 3일 내
내 쏟아진 폭우로 인하여 가옥과 도로가 침수
되었고 지난 밤의 강풍으로 다리가 끊어진 곳
도 발생하였다. 또한 농가에서는 농작물이 물
에 잠기고 과일이 떨어지는 등의 재산 피해가
발생하여 한 해 농사를 망치는 농가들이 많아
지고 있다. 기상청에서는 이렇게 10월 태풍이
발생한 원인으로 기상 이변을 들고 있는 가운
데, 피해 지역에는 복구의 손길이 이어지고 있
다. 갑작스러운 재해를 당한 피해 지역의 주민
들은 재산 피해로 인하여 허망과 절망에 빠져
있으나 복구의 손길을 만나 희망을 되찾고 있
다고 전했다.

제15과 컴퓨터 · 인터넷

어휘와 표현 .... P.194~196

① ① 저장했어 ② 삭제하지

③ 복사해서 ④ 구울 거예요

⑤ 압축해서

② ① 동영상을 재생했는데

② 바이러스를 체크했지만

③ 용량을 줄였다

④ 경고창이 뜨면서

⑤ 신호가 잘 안 잡히는

⑥ 시스템이 중단되었다

③ ① 인터넷을 연결할 수 있어요?

② 인터넷 연결이 끊기네요.

❸ 인터넷 속도가 느려요?

❹ 아이디를 변경하고

❺ 사내 아이디를 신청하세요

❻ 아이피를 받지

문법 .... P.197~199

✎ −ㄴ 대로

1 ❶ 이야기하는 대로　❷ 써 있는 대로

❸ 하는 대로　❹ 알려 주신 대로

❺ 시키는 대로　❻ 불러 준 대로

✎ −든지 −든지

1 ❶ 인쇄해서 주든지 이메일로 첨부해서 주든지

❷ 지우든지 새 폴더를 만들어서 옮겨 두든지

❸ 바이러스를 체크해 보든지 프로그램을 다시 설치하든지

❹ 인사팀을 방문해서 제출하든지 우편으로 보내든지

❺ 먹든지 말든지

✎ −기만 하면

1 ❶ 사진을 첨부하기만 하면

❷ 컴퓨터를 커기만 하면

❸ 이 사이트에 접속하기만 하면

❹ 이동식 디스크를 넣기만 하면

❺ 만나기만 하면

❻ 오기만 하면

말하기 연습 P.200

1 1) 연결이 되는데요.

신청해야 되지요?

2) 설명하는 대로

사진을 옮기든지 복사를 하든지

3) 저장했어?

외장하드를 연결하기만 하면

읽기 연습 P.201

1 1) ❹

2) 고객들이 수리점을 찾아오는 것이 아니라 수리점 측에서 고객들이 원하는 곳으로 찾아가기 때문에

3) 이러한 수리점이 등장해서 반갑다.

쓰기 연습 P.202

1 1) 커피를 쏟았기 때문에

2) 컴퓨터를 껐다 켜기

3) A/S 센터에 찾아가서 상황을 설명하고, 5시간 후에 찾으러 갔지만 컴퓨터는 고장이 났다.

4) 컴퓨터에는 보고서와 사진, 음악 파일, 영화 파일들이 있었는데 모두 날아갔다.

5) 나는 오늘 컴퓨터를 하면서 커피를 마시다가 실수로 그만 커피를 컴퓨터에 쏟고 말았다. 커피를 쏟자 갑자기 컴퓨터의 전원이 꺼져 버렸다. 나는 컴퓨터를 고쳐 보려고 전원을 몇 번 껐다 켰는데 문제는 해결되지 않았다. 그래서 나는 A/S 센터에 컴퓨터를 가지고 가서 무슨 일이 있었는지 자초지종을 설명했다.

5시간이 지난 후에 나는 A/S 센터를 다시 찾았다. 그러나 A/S 센터 직원은 컴퓨터를 복구하지 못했다고 말했다. 나의 컴퓨터가 완전히 고장이 나 버린 것이다.

나는 정말 황당했다. 그 컴퓨터에는 나에게 아주 소중한 파일들이 많이 들어 있었기 때문이다. 중요한 보고서는 물론이고 추억이 담긴 사진이나 내가 좋아하는 음악과 영화 파일들이 많이 있었는데 컴퓨터와 함께 그 파일들도 모두 날아가 버렸다는 생각을 하니 나도 모르게 울음이 터져 나왔다. 오늘은 나에게 정말 힘든 날이었다.

종합 연습 Ⅲ　　　P.204~211

1 1) ❷　　2) ❶　　3) ❷

2 1) ❷　　2) ❶　　3) ❶

3 1) 호평을 받았길래

2) 외국어 고등학교인 것으로

3) 절망적이더라도

4 1) ❷　　2) ❹　　3) ❶

5 1) 알려 주는 대로

2) 인정을 받아 온

3) 대체 에너지를 개발했더라면

6 1) 취직 걱정 때문에 스트레스가 얼마나 쌓이는

226

지 식욕이 없어요.

2) 춘곤증이란 따뜻한 봄 날씨로 인해 졸음이 오
는 증상을 말한다.

3) 영수는 초등학교 동창을 10년 만에 만나서 너
무 기쁜 나머지 눈물을 흘렸다.

7 1) 만나 보나 마나

2) 안 나오다니요

3) 통계 자료에 따르면

8 1) 뛰어난 것 같아.
완벽하게 소화해 내던지

2) 달했습니다.
늘어난 것으로 보입니다.

9 1) 가, 라, 마, 나

2) 나, 다, 라, 아, 바

10 1) 정원을 채우지 못하던 학교가 입학 경쟁률이
높은 학교로 바뀌게 된 것.

2) 피해 규모가

11 1) ❷

2) 외면을 당하는

12 1) ❸

2) 한 사람이 소리를 내면 울려 퍼지는 메아리처
럼 환경 보호 운동의 실천을 다른 사람에게도
적극적으로 권하자.

3) ❸

外語學習系列 52

高麗大學韓國語 ④
Workbook

編著｜高麗大學韓國語文化教育中心、張美敬、張香實、李俊昊．翻譯、審訂｜朴炳善、陳慶智
責任編輯｜潘治婷、王愿琦．校對｜朴柄善、陳慶智、潘治婷、王愿琦

內文排版｜余佳憓

董事長｜張暖彗．社長兼總編輯｜王愿琦
編輯部
副總編輯｜葉仲芸．副主編｜潘治婷．文字編輯｜林珊玉、鄧元婷
特約文字編輯｜楊嘉怡．設計部主任｜余佳憓．美術編輯｜陳如琪
業務部
副理｜楊米琪．組長｜林湲洵．專員｜張毓庭

法律顧問｜海灣國際法律事務所　呂錦峯律師

出版社｜瑞蘭國際有限公司．地址｜台北市大安區安和路一段104號7樓之1
電話｜(02)2700-4625．傳真｜(02)2700-4622．訂購專線｜(02)2700-4625
劃撥帳號｜19914152 瑞蘭國際有限公司．瑞蘭國際網路書城｜www.genki-japan.com.tw

總經銷｜聯合發行股份有限公司．電話｜(02)2917-8022、2917-8042
傳真｜(02)2915-6275、2915-7212．印刷｜皇城廣告印刷事業股份有限公司
出版日期｜2018年10月初版1刷．定價｜350元．EAN｜4712477100607